とんちき

耕書堂青春譜《とんちきこうしょどうせいしゅんぷ》

矢野　隆

新潮社

とんちき 耕書堂青春譜

目次

とんちき　耕書堂青春譜

其ノ壱　幾五郎が出逢う

鳴る。

死にそうで、どんなに力が入らなくても、腹は鳴る。

誰に聞かせるでもなく、幾五郎《いくごろう》はつぶやいた。

「そりゃそうだ」

一人である。だだっぴろい江戸の街の、これまただだっぴろい往来を、一人きりで歩いていた。道行く誰もが、楽しそうに見える。自分が心底楽しくないから、そう思える。適当に目についた者に、悪態のひとつも吐いてやりたいが、腹が空き過ぎて大きな声をだす気になれない。

江戸に辿り着いたのは三日前のことだ。大坂からの長い旅だった。急ぐような用もないから、ふらふらと気楽にやっていたら、大坂で師からもらった餞別を使い果たしてしまい、品川の宿に足を踏み入れる頃には一杯の飯すら喰えぬほど、すっからかんになっていた。もう五日ほど、ろくな物を口にしていない。そろそろ躰も限界だ。

「へへへ」

あまりにも辛くて笑ってしまう。踏みだす足も覚束ない。それでも歩いているのは、行くべき場所があるからだ。最後の頼みの綱だった。つぎの店で断られれば、あとは野となれ山となれである。

目指す先は通油町《とおりあぶらちょう》にある耕書堂《こうしょどう》。蔦屋重三郎《つたやじゅうざぶろう》なる男が主の、地本《じほん》問屋だ。

長いこと大坂にいたが、若い頃は江戸で武家奉公をしていた幾五郎である。だからこの街の道には明るかった。迷うことはない。だが、なにぶん腹が減っている。目指す先はわかっているのだが、躰の方が心配だった。

「畜生め」

思うようにならない己の足を見ながら、か細い声で毒づく。頭が重いから顎は下がり、少し目を下に向けるだけで、ぼろぼろの草鞋が目に入る。埃にまみれた足袋の先が、ささくれだった鼻緒から突き出ていた。力無くうなだれている親指が、なんとも哀れである。

足を見ていた目を、ふたたび往来に向けた。

相変わらず、皆楽しそうだ。

顰め面の侍でさえ、楽しそうに見える。への字に曲がった口の端が、すこしだけ吊り上がっているのは、これから愛しい女にでも会いに行くからなのか。それとも生来そういう顔なのか。どっちでも良い。とにかく、間違いなくいまの幾五郎より、あの侍のほうが楽しそうだ。上役に責められても、飯を喰っていれば、死ぬことはない。数日引き摺ることはあるかも知れないが、その間も飯は喰えるだろう。

それだけで幸せではないか。

己は五日も満足に喰っていない。あまりにも腹が空き過ぎて、道端の草を口にするほどだ。苦かろうが、妙な味がしようが、そのあと腹を下そうが、腹が満たされるのならそれで良い。

死ぬような思いをしているのは己の方なのに、どうしてお前がそんな顰め面をしているのか。飯を喰って寝る場所があるのだろうに、いったい何が不満なのか。本当なら悪態の限りを、あの面に浴びせかけてやりたいところだ。が、こうも腹が減っていては無理な話である。

あんたは口から生まれてきたんじゃないかと母親に言われるほど、幼い頃から言葉は達者だった。しかし、けちな同心風情の息子には、そんな物はなにひとつ役に立たない。

生まれたのは駿河《するが》、それから江戸で奉公をし、大坂で町奉行に仕えた。その間、良く回る舌が活躍することは一度もなかった。上役の目を気にして、へまをやらずに毎日の務めを果たす。そんな暮らしのなにが楽しいのか。朝が来て、昼働いて、夜が来て寝る。笑うことなど日に一度あるかどうか。数えきれぬほどの溜息に埋もれる暮らし。

我慢がならなかった。

だから侍を辞めた。

生来、楽をすることが好きである。楽といっても、ただのんべんだらりと時を過ごすのではない。己のやりたいことを気ままにやって、毎日楽しく過ごす。それが望みだ。

おそらく人は誰しも、心の底ではそう思っているのではないか。皆、口にせず我慢しているだけなのだ。本当は楽しくやりたいのに、自分の領分を守るために必死で耐えている。

幾五郎は、思うままにやりたいという欲が人一倍強い。人が当たり前に我慢できることが、辛抱できない。

侍を辞め、義太夫《ぎだゆう》の師の下に転がり込んだ。

志があったわけではない。芝居小屋を出てくる者が皆楽しそうだった。ただそれだけ。芝居に関われば、毎日楽しく暮らせるのではないか。だったら浄瑠璃を書こう。そう思っただけのこと。もともと口が達者だったから、出来るという目算もあった。喋ることも浄瑠璃を書くことも、言葉を使うという一点において根は同じである。喋ることは苦にならない。だから、書くことも苦にならないと思った。

その目算は間違っていなかったと言える。しかし浄瑠璃が、性に合わなかった。好いた惚れた、くっついた別れた、逃げた死んだ。そんな湿っぽい物ばかり書かされて、うんざりした。流行りなのだから仕方が無い。そう思って我慢もした。しかし、我慢して暮らすのであれば、侍であったころと変わりがない。

そんな時、滑稽本《こっけいぼん》に出会った。

洒落に屁理屈なんでもあり。吉原での遊びや、浄瑠璃から材を取ったものなど様々あるが、そこに綴られている言葉は、どこまでも肩の力の抜けたものばかり。悲しい結末などどこにもない。己がやりたいことがここにある。そう思った。

気づいたら浄瑠璃の師に暇を請うていた。親元に帰るという嘘を真に受けた師は、仲間や贔屓《ひいき》筋から金を集めてくれ、駿河までの旅では使いきれぬ額の銭をくれた。が、それも江戸までの呑気な旅で綺麗さっぱり使いきってしまった。

江戸に来ればなんとかなる。地本問屋を片っ端からまわり、戯作者《げさくしゃ》になりたいと言えば、大坂で師を得たように喰わせてもらえると思っていた。しかし、その目論見は気持ち良いほど見事に崩れ去った。

仙鶴堂《せんかくどう》、甘泉堂、永寿堂……。手当たり次第に敷居をまたぎ、飯を喰わぬせいで力の入らぬ腹から声を絞りだし、思いのたけをぶちまけてみたが、どこもまともに聞いてはくれない。物乞いのように丁稚《でっち》に箒で追い払われることにも慣れ、残すは耕書堂のみとなったのは、江戸に来て三日目のことだった。

飯の種にもならぬことをつらつら考えていると、目的の店が目の前に迫っていた。面白いもので、腹が空いて舌が動かなくなっても頭だけは回るものだ。

かけられた暖簾《のれん》に、耕書堂と書いてある。

「頼むぜぇ」

暖簾を見つめ、圧のない声を吐いた。それから遠巻きにするように、店とは反対側の並びのほうへと足を向ける。店が見える裏路地を選び、身をちぢめるように陰に潜《ひそ》んだ。通りに面した耕書堂には、斜めになった棚に所せましと黄表紙や錦絵が並べられていた。客は店の前で足を止めて、気に入った物があれば、棚の向こうにいる店の者に声をかけて購うのだ。

数え切れない失敗を経て学んだ。いきなり店に入って、誰彼かまわず声をかけてもどうにもならない。面倒な奴が現れたと思って、適当にあしらわれて終わりである。

「そっちがその気なら、こっちは本丸狙いだ」

客を相手にする奉公人たちをにらみつけ、つぶやいた。下っ端では話にならない。

こうして待っていれば、かならず蔦屋重三郎が姿を現す。蔦屋本人に、思いのたけをぶちまける。耕書堂のいっさいを取り仕切る蔦屋が応とこたえれば、番頭だろうが手代だろうが従わざるを得ないはず。ならば最初から蔦屋本人を籠絡するのが、一番手っ取り早い。

路地に面した商家の壁にもたれかかるようにして、指一本動かさずに待った。不審な姿を見咎められ、自身番から人が来ぬことを願いながら、じっと待った。待ち始めたのは昼を少し過ぎた頃だったが、気付けば辺りは夕暮れで、乾いた路地が紅く染まっている。夜になって店が閉じれば、どこぞの社《やしろ》の軒下で寝ようと腹を括った。そんな時だ。明らかに他の男たちより身形《みなり》の良い男が、店から出てきた。四十絡みで、ふくよかな顔をしている。さぞや満足に喰っているのだろう。にこやかに店の者たちに声をかけている。皆が顔を引き締め、頭を下げていた。

間違いない。あの男が蔦屋重三郎だ。

店の者たちに見送られながら、男が敷居をまたいで往来に出た。その時にはすでに、幾五郎は細い路地から飛びだしている。気が急いているが、足がついて来ない。往来の中程まで歩いた時、とうとう左右の足首がぶつかってよろけてしまった。

「なっ、なんだっ」

頭の上から、うろたえた声が聞こえた。目の前に重三郎の顔がある。こちらを覗き込んでいる。どうやら転んで足元に倒れたらしい。

「おい、どうした」

しゃがみこんだ重三郎に抱えあげられた。膝から下を地につけたまま、上体だけが重三郎の腕に乗っかっている。

「行き倒れか」

「あ、あの……」

「なんだ、なにが言いてぇ」

「げ、げ、げ……」

店の者が周りを囲んでいた。頭のなかの言葉を、必死に舌まで届ける。

「戯作者んなりてぇ」

己の言葉を聞きながら、気を失った。


霞みがとれた幾五郎の目に初めに映ったのは、四角い顔だった。

「気が付いたみてぇだな」

やけにがらついた声で語りかけられる。己が寝ていることに気づいた幾五郎は、とっさに躰を起こそうとして四角い顔と激突し、ふたたび倒れた。背中の柔らかい感触と、頭の後ろに当たった固い枕が、布団に寝かされているのだと教えてくれる。

「痛ぇ」

額をさすりながら、四角い顔の男が言った。いっぽう幾五郎のほうは、鼻の奥に尖った痛みを感じている。

「いきなり起きあがんじゃねぇよ」

「すいやせん」

「行き倒れのくせして、力が強ぇな」

「行き倒れとは」

「お前《め》ぇだよ」

男が身を引いていることを確認してから、ゆっくりと躰を起こす。布団に足を投げだしたままの体勢で周囲を見渡すと、どうやら四畳ばかりの部屋のようである。

「ここは」

「耕書堂の客間だ」

言われてやっと、思いだしてきた。蔦屋重三郎の姿を見つけ、死に物狂いで路地から飛びだし、転んだ。倒れながら、やっとのことで戯作者になりたいとだけ伝えたことまでは覚えている。が、それから先がまったく頭に無い。気付いたら四角い顔が目の前にあった。

すでに外は暗い。部屋の隅にある行燈《あんどん》の明かりが、ぼんやりと部屋を照らしていた。

「あんたは」

「鉄蔵《てつぞう》」

名乗った男は、人差指で鼻を掻き、言葉を続けた。

「ここの店の者じゃねぇんだがな。訳あって出入りさせてもらってる。店の者は行き倒れに構ってる暇はねぇってんで、俺が面倒見ろってことになった」

訳という言葉が気になったが、聞くほどの間柄でもないから黙っていた。すると、鉄蔵と名乗った男は、武骨な顔のなかでも一際頑強な眉を歪めながら、幾五郎をにらんだ。

「気にならねぇのか」

「なにがです」

「俺がこの店に出入りしている訳」

「あぁ」

「気の抜けた返事をするんじゃねぇ。お前ぇ江戸者か」

「駿河の生まれですが、大坂にいたこともありやすし、江戸に住んでたこともありやす」

「流れ者か」

別段そういう訳でもないのだが、否定して己の半生をくどくど語るのも面倒だから、愛想笑いを浮かべてうなずいた。

「でよ」

眉を歪めたまま鉄蔵がふたたびにらむ。小首を傾げてみせると、ごろごろと掠れた声を吐く。

「ここに出入りしている訳、知りたくねぇのか」

「気になりやす」

鉄蔵は満足そうにうなずき、しょうがねぇなぁと嬉しそうにつぶやいてから、語る。

「俺《おら》ぁよ、絵を描くのよ」

「絵ですか」

「おうよ」

大袈裟に胸を張り、鉄蔵は続けた。

「勝川春章《かつかわしゅんしょう》の弟子だったんだがな。お前ぇ、勝川春章って知ってるか」

役者絵などを主にやる絵師だ。

「まぁ、師匠のところで俺も色々と描いてたんだがな。師匠が死んじまって、このまんまじゃいけねぇと思ってな。で、なんか仕事がねぇかと、この店に出入りしてるって訳だ」

なんとなく疲れる男である。強引なのだ。

「そうですか」

相槌と同時に、勢いよく腹が鳴った。それを聞いた鉄蔵が、なにが可笑しいのか、腹を抱えて大笑する。ひとしきり笑ってから、幾五郎の方を見た。

「腹が減ってんのか」

先刻、己で行き倒れだと言ったばかりではないか。腹は空いているに決まっている。うなずく気にもなれないでいると、鉄蔵が膝を叩いて立ちあがった。

「なんか持ってきてやらぁ」

まるで己の家であるかのように言って、鉄蔵は障子戸を開いて廊下に消えた。途端に疲れが押し寄せてきて、布団に倒れる。久方振りの布団だ。目を閉じるとたちまち眠ってしまいそうだが、食い物が来るまで寝てたまるか。必死に天井の節をにらみながら起きていた。すると、鉄蔵が親の仇かと思うほど乱雑に障子戸を開いて現れた。後ろ足で器用に戸を閉めると、ずかずかと枕元まで来て座る。

「起きろ」

言われるまま布団の上に躰を起こすと、飯の良い香りにつられるように両手が、畳の上に置かれていた膳に伸びた。箸を取るのが先か、飯に喰いつくのが先か、己でも解らなくなるほどの勢いでかきこむ。飯、味噌汁、鰯の干物、漬物。とにかくひたすらにむさぼり喰った。鰯の骨も頭もなにもかも無くなると、指先まで命の源が行き渡り、ぼやけていた頭がすっきりしてくる。

「さすが行き倒れは違うぜ。気持ちの良い喰いっぷりだな」

胡坐《あぐら》をかいた足に肘をつき、掌に顎をのせながら幾五郎を見ていた鉄蔵が、感心するように言った。

「おそれいりやす」

「褒めてねぇよ」

どう聞いても褒めていただろう、という言葉は呑みこんだ。

「しかしお前ぇも上手いことやりやがったな」

「なにがでやす」

「蔦重《つたじゅう》の前で転んで、気ぃ失う前ぇに〝戯作者んなりてぇ〟たぁ、大した芝居じゃねぇか」

「芝居なんて……」

「あの親父は、そういう面白《おもしれ》ぇ奴が好きなんだ。倒れた時に、腹が減ったからなにか喰わせてくれなんて言っても、あの親父は放っぽらかしてただろうよ。興味のある奴以外には、血も涙もねぇ男だからな」

「ちゃんと血が流れてるし、泣く時ゃ泣くぞ」

いつの間にか障子戸が開かれている。鉄蔵の言葉に答えたのは、戸の隙間から顔をのぞかせていた男であった。

「い、いたんならそう言えよ親父」

「お前の父親になったつもりはねぇぞ鉄」

言いながら蔦屋重三郎、略して蔦重が、のっそりと入ってきて鉄蔵の隣に座った。

「気が付いたみてぇだな」

布団から飛びだして身形を正し、深々と頭を下げた。

「ありがとうございやしたっ。命拾いいたしやした」

「ずいぶん張りのある声が出せるようになったじゃねぇか」

「はい」

顔をあげて笑った。

「人懐こそうな笑い方すんな、お前」

「愛想が良いってのを通り越して、調子が良いと言われやす」

蔦重は鼻で笑う。

「蔦重の旦那」

「旦那と来たか」

蔦重は肩をすくめて鉄蔵を見る。鉄蔵は舌をだして小馬鹿にするような態度を取った。それを見ても蔦重は、別段腹を立てている風ではない。

「俺ぁ戯作者にっ」

「あぁ、その話は後だ」

「えっ」

「おい鉄蔵」

呆ける幾五郎をほったらかして、蔦重は鉄蔵に言う。

「お前え、瑣吉《さきち》を見なかったか」

「見てねぇぜ」

「今朝、あいつの養家の母親が店に来てよ。二、三日前ぇから、家に戻ってねぇんだと」

「あんたが奉公辞めさせて、下駄屋になんかやっちまうから、どっかで拗《す》ねてんだろ。早《はえ》ぇとこ探さねぇと、あいつは陰気が人んなったような奴だから、夜の闇に馴染んで消えちまうぜ」

「あの顰め面じゃあ店の手代は無理だ。だが、あいつは京伝《きょうでん》さんからの預かり物。下手なことはできねぇ」

「だから下駄屋の婿養子を斡旋したってのか」

「話なんてな、どこでも書ける。下駄屋の主だろうがな。それより、あいつになんかあったら、俺は京伝さんに示しがつかねぇ」

顔をしかめて鉄蔵が頭の後ろをかく。

「それで俺になにしろってんだ」

「探せ」

「あいつのこったから、今頃どっかの橋から、どぼんっ」

「下手なこと言うんじゃねぇ」

切迫した様子で蔦重が叱る。

「面倒臭ぇなぁ」

「やれ」

「わぁったよ」

「解りましただろ」

「わ、か、り、ま、し、たっ」

黄色い歯を喰いしばりながら鉄蔵が答えると、蔦重の目が幾五郎に向いた。

「お前、名前は」

「幾五郎と言いやす」

「お前もこいつと一緒に瑣吉を探せ」

「こいつの子守りもしろってのかよ」

鉄蔵が毒づく。

「こいつにお前のお守りをさせんだよ」

無礼な絵師に言ってから、蔦重はふたたび幾五郎に語る。

「こいつだけに任せると何しでかすか解らねぇ。お前は、こいつを見てろ。戯作者云々は、瑣吉を見つけた後だ」

「瑣吉さんって人を見つけたら、ここに置いてくれやすか」

「だから全部終わった後だっつってんだろ」

幾五郎はうなずくしかなかった。


「で、真っ先に俺んとこに来たってわけか」

そう言って男は、上座で煙管《きせる》の吸い口を、さも美味そうに吸った。ねばついた煙を吐き、雁首《がんくび》を叩いて灰を落とすと、細い眉の下にある切れ長な目が鉄蔵を射た。幾五郎はそれを、隣に座って黙って見ている。

「瑣吉を蔦重に押しつけたのはあんただ。逃げるんなら、あんたの所だと思ったんだがな。え、京伝先生よ」

鉄蔵は男を京伝と呼んだ。山東《さんとう》京伝。江戸で知らぬ者はいない一流の戯作者である。京伝は瘦せた頬に深い皺を刻みながら、鉄蔵に言った。

「うちには来てねぇな」

「そうかい」

ぶっきらぼうに鉄蔵が答えた。京伝をにらんでいるような目つきだ。にらんでいるのに口許がにやけているから、なんとも気持ちが悪い。にらまれている京伝は、仏頂面で鉄蔵を見つめている。互いに相手を嫌っているのは明白であった。京伝の細い目が鉄蔵から逸れ、幾五郎の顔に落ち着く。

「あんたは」

「幾五郎と申しやす」

言って頭を下げた。鉄蔵の太い声が、それに続く。

「戯作者になりてぇとよ」

「そりゃまた奇特な御仁だねぇ」

京伝がふたたび煙管に葉を詰めた。

「商売物を主人が吸ってりゃ世話ねぇな」

鉄蔵の言葉を京伝は鼻で笑い、火鉢から付け木に移した火を雁首に近づける。小刻みに吐いては吸うを繰り返し、煙草《たばこ》にしっかりと火が点いたのを確認してから、京伝はひと口吸って、細い鼻から煙を吐いた。

「好きで始めたような店だ」

「好きで始めたくせに、切り盛りは家のもんに任せっきりにして手前《てめ》ぇは遊んで暮らしてんだから、結構な御身分だな」

「誰かさんと違って注文がひっきりなしに入るから、店に構ってられんのよ」

「んだと」

鉄蔵が眉を吊りあげながら言う。

「前々から一度言っとかなきゃなんねぇと思ってたが、俺は三十四、お前ぇは三十三、俺の方が年上だぞ」

年を聞いて驚いた。鉄蔵は四十そこそこ、京伝は三十路手前であると、勝手に思っていた。つまり鉄蔵は老けて見え、京伝は若く見える。しかしいずれも幾五郎より、四つ五つ年嵩《としかさ》である。

鉄蔵を見つめて、京伝が口を開く。

「ひとつしか違わないだろ」

「それでも年下だ。長幼の序を知らねぇのか」

「お前がそんな言葉を知ってるとは思わなかった。悔しけりゃ、売れてから物言いな」

「いまに日の本一の絵師になってやらぁ」

「口だけなら、なんとでも言える」

「まぁまぁ」

たまらず間に割って入った。二人の悪意に満ちた視線が、顔に刺さってむず痒い。薄ら笑いを浮かべながら、膝立ちになって二人を見やる。

「とにかく今は瑣吉さんを探さなきゃなんねぇと思うんですがね」

「そりゃお前ぇは、耕書堂に寄宿できるかどうかがかかってるからな」

「どういうこった」

問うた京伝に下を向き、鉄蔵が答える。

「こいつぁ戯作者んなるために、身一つで大坂から江戸に来たんだとよ。で、寝るとこも喰う宛もねぇから、耕書堂に寄宿してぇんだと。そしたら蔦重の親父が、とにかく瑣吉を捜しだしてからだと言ったのよ」

「そういうことか。で……」

京伝の目が幾五郎と鉄蔵の背後へと向く。

「斎藤《さいとう》さんも、蔦重から言われて来たのかい」

鉄蔵が、驚きながら振りむいた。

「お、お前ぇ、いつからそこに居た」

窮屈そうに躰を小さくさせて、小男が座っている。昼日中だというのに、顔に暗い影がかかっていた。他のどこにもそんな影はない。男の顔だけに、暗い幄《とばり》が降りているのだ。

真ん丸になった鉄蔵の目が幾五郎を見た。

「お前ぇ、気づいてたか」

「朝、店を出る時からいらっしゃいましたよ。店の人かと思ってましたがね、鉄蔵さんが声かけねぇから、私ぁてっきり、嫌ってんのかと」

「居るんなら居るって言ってくれよ」

男は陰気な笑みを浮かべた。

「鉄蔵さん、この人は」

「斎藤十郎兵衛《じゅうろべえ》」

幾五郎の問いに答えたのは、京伝だった。京伝は続ける。

「阿波《あわ》蜂須賀《はちすか》家お抱えの能役者らしいんだが、変わったお人でな。絵が好きで、どうにかそいつで小銭を稼げねぇかと、暇があったら蔦重の店に来るらしい」

「好きかも知んねぇが、下手だ」

十郎兵衛を見ながら、鉄蔵が不躾な言葉を浴びせる。十郎兵衛はさっきまで浮かべていた笑みを消した。が、怒っているようには見えない。能面のように顔を凍りつかせたまま固まっている。場の雰囲気に耐えられず、幾五郎は鉄蔵に問うた。

「下手とは」

「顔しか描かねぇ。そのうえ似顔を描かせると、描かれた相手が必ず怒る」

良く解らない。納得が行かずにいる幾五郎の気持ちを悟った鉄蔵が、言葉を重ねた。

「一度俺も描いてもらったが、真《ま》っ新《さら》な枡みてぇな真四角の上に、達磨みてぇな目鼻描いて、この陰気な面で出来ましたよ、と抜かしやがる」

四角い顔に達磨のような目鼻。鉄蔵そのものではないか。

「似てたと思うがな」

京伝が言うと、鉄蔵は仇を見るような目で上座に座るこの家の主をにらんだ。

「俺の顔はたしかに四角いが角はねぇ。それに目鼻は、も少し品があらぁ」

京伝が噴きだした。幾五郎は十郎兵衛を見ながら、鉄蔵に問う。

「誇張が過ぎる。ということですかい」

「お前ぇ適当な言葉知ってんじゃねぇか。そうよ、こいつの似顔は誇張が過ぎるのよ」

「見たままを写してるだけです」

ぼそりと十郎兵衛が言った。しかし鉄蔵は、京伝の時のように食ってかからない。陰気な十郎兵衛を気持ち悪がっているようだ。

「だいたい、あんた何しに来たんだ」

「楽しそうだったから」

この男の口から、楽しそうという言葉が出るとなんとも気味が悪い。鉄蔵も同じ心持ちだったらしく、小さな咳払いをして京伝へと顔を戻した。

「こいつのことは、どうでも良いんだよ。それより京伝先生よ」

切れ長な目が、十郎兵衛から鉄蔵に移る。

「本当に瑣吉の居所、知らねぇのかよ」

「思い当たる場所がない。あの男のことだ。さっさと見つけねぇと仏になっちまうぞ」

「そうなったら、お前ぇはどうなるのかね」

鉄蔵のいたずらな目が幾五郎を見た。

「どうなるんですかね」

「知らねぇよ」

京伝の煙草屋へ行った次の日は、夕刻から北へ向かった。

吉原。

言わずと知れた色町である。鉄蔵と幾五郎は、なぜかこの日も付いてきた十郎兵衛とともに、大門を潜った。おはぐろどぶで四角く仕切られた吉原のど真ん中を大通りが貫き、その仲之町には茶屋が並ぶ。そして大見世、中見世、小見世と、客の懐具合によって様々な見世が揃っている。おはぐろどぶ沿いには、わずかな間で事を済ませる切見世が並んでいた。

二百を越す見世が立ち並ぶ吉原で、鉄蔵の足は迷わず進んだ。一直線に歩んだ先にあったのは丁子屋と呼ばれる見世である。

大見世中の大見世だ。

前に立つのさえためらう幾五郎をよそに、鉄蔵は丁子屋の敷居をまたぐ。陰気な十郎兵衛がそれに続く。仕方なく幾五郎も暖簾を潜ると、鉄蔵は見世の者が止めるのも聞かず、草履を脱いだ。うろたえる見世の者の声など耳に入っていない。ずかずかと廊下を進み、きらびやかな絵が描かれた唐紙を両手で開いて、客がいるであろう部屋のなかに入った。

「よおっ」

女や幇間《ほうかん》に囲まれて酒を呑む優男《やさおとこ》に、鉄蔵は気楽な声をかけた。その瞬間、優男の顔が曇ったのを、幾五郎は見逃さない。

「おこぼれ頂戴ってな」

訳の解らないことを言いながら、鉄蔵は酒宴が行われていた広間に入って、優男の前に座った。

「お前らもこっちにこい」

廊下に立ったまま呆然としている幾五郎と、湿った笑いを浮かべた十郎兵衛のほうに腰から上をむけ、鉄蔵が手招きする。どうして良いか解らずにいると、優男がこちらを睨みながら口を開いた。

「あんたたちも座んな」

恐ろしく甲高い、女のような声だ。

「先生もこう言ってんだ、さぁ」

満面に笑みを浮かべ、鉄蔵が掲げた掌をぶらぶらと振っている。どうしてこうもこの男は強引なのか。昨日今日の付き合いだというのに、幾五郎はすでに鉄蔵に疲れはじめている。

「座れ座れ」

鉄蔵が己の両脇をぽんぽんと叩く。十郎兵衛が右に座ったから、左に座る。

「久しぶりだな」

呆れるほど快活に鉄蔵が言った。幾五郎はとりあえず優男に愛想笑いを浮かべる。すると男は、一度ちらりとこちらをむいて溜息を吐くと、ふたたび鉄蔵を見た。

「ただ酒目当てにこんな所をうろつくより、狭い部屋に籠って筆を握ってたほうが良いんじゃないのかい」

「こんな所で呑んだことがねぇと、こいつが言うもんで、だったら一度、呑ませてやらぁということんなって、そんでこうなったって訳だ」

「そう言えば呑めなかったな、あんた」

「おうよ、俺ぁ旨い物が喰えりゃ、それで満足よ。呑むのはこいつだ」

こいつ、と言った鉄蔵の手が、幾五郎の背中を叩いた。

「この人は」

「幾五郎」

鉄蔵が答え、優男の顔を指さした。

「喜多川歌麿《きたがわうたまろ》」

「えっ」

あまりのことに思わず声が出た。喜多川歌麿と言えば、押しも押されもせぬ美人画の名人だ。歌麿が描いた女がいる見世は、ひっきりなしに客が入る。遊女はおろか町娘たちも、この男に描いてもらうことを一度は夢見る。同じ絵師でも、鉄蔵とは格が違う。

「幾五郎という名はわかった。で、なにしてる人だい」

「戯作者になりてぇと言って、蔦重の親父んとこに転がりこもうとしてるところだ」

鉄蔵が答えながら腰を浮かせた。そして膝でするすると滑りながら歌麿の前まで行くと、膳に置かれていた皿を手に取る。丁寧な絵付けがなされた皿の上に乗っているのは鰻だ。

「手前ぇでやるから気にすんな」

それまで歌麿が使っていたであろう箸を手に、旨そうに鰻を喰う。それを歌麿は咎めるでもなく冷やかな目で見つめている。

「転がりこもうとしているってのは」

歌麿が問うと、三切れ目を口に運ぼうとしていた鉄蔵が、膝を叩いた。

「そうだ。それで来たんだよ俺たちは」

「ただ飯を喰らいに来たんだろ」

「そうじゃねぇんだ先生よ。こいつが耕書堂に寄宿できるかどうかがかかってる、大事な話があるんだよ。聞いちゃくれねぇか」

鉄蔵がいなくなって空いた向こうに、十郎兵衛の陰鬱な姿が見える。なにがおかしいのか一人でくすくす笑っていた。どうやら二人のやりとりを楽しんでいるようだ。

「あの、斎藤さん」

幾五郎の声を聞いた十郎兵衛の右の眉が、ぴくりと震えた。口許から笑みが消え、能面のような顔になる。こちらに耳を傾けているらしい。

「あの鉄蔵って人は、どういう人なんですかい。絵師だって言っても売れてるようには見えねぇが、そのくせ京伝先生や歌麿先生みたいな凄い人たちと面識がある」

「馬鹿だから」

「え」

「あの男は馬鹿だから、他人の懐に土足で入り込む。面識はあるが、誰も好んではおらん。京伝さんのところでも見ただろう。いまの歌麿さんと同じ顔を」

なにやら身振り手振りを加えて語る鉄蔵を、顔をしかめた歌麿が見ている。

「私が、耕書堂の元手代の居所なんか知ってる訳がないだろ」

歌麿が怒るようにして言った。鉄蔵は瑣吉の件をすべて語り終えたらしい。

「ほら、廊下を拭いてるあいつが、先生の足にぶつかったことがあっただろ。そん時、あんたは怒鳴りつけただろ」

「そんなこと覚えてないよっ」

華奢な歌麿が甲高い声で叫んだ。大声をだすことに慣れていないのか、薄い胸に手を当てて深く息をしている。

「あれ、覚えてねぇかな。京伝先生のところに居候《いそうろう》してて、蔦重の旦那に拾われて、その世話で下駄屋の主になった、見るからに風采の上がらねぇ感じの……」

膳ごしに、歌麿へ身をぐいと寄せながら、鉄蔵は楽しそうに笑っている。両手の箸と皿は手放さず、歌麿に語りかけながら器用に鰻を喰っていた。その様を見て、幾五郎は十郎兵衛に語りかける。

「私ぁ今んなって、なんで蔦重の旦那が私をあの人に付けたのかが解りましたよ」

幾五郎の言葉を聞きながら、十郎兵衛は目を鉄蔵たちに向けて笑っている。

「昨日は京伝先生の所に憎まれ口を叩きに行き、今日は飯目当てに歌麿先生を訪ねる。あの鉄蔵って人は、はなから瑣吉さんを探す気なんてねぇんだ」

「それはどうかな」

笑みをたたえたまま、十郎兵衛が答えた。暗く湿った目は、依然として鉄蔵を見ている。

「あの男はあれで運が強い。放埒な振る舞いや喧嘩を繰り返しておるが、不思議と帳尻が合う。馬鹿だから自覚してはおらぬだろうが、あいつには生まれもったなにかがある」

根暗で無口だと思っていたが、十郎兵衛は意外と良く喋る。呆気に取られていると、鉄蔵を見ていた暗い目が、こちらに向いた。

「俺は話さぬのではない。理解出来ぬ奴に語るのが嫌なだけだ。故に、あの馬鹿の前では喋らぬ。それだけのことだ」

あまりにも唐突過ぎて、妙な相槌しか返せなかった。しかしどうやら、幾五郎は十郎兵衛に見込まれたらしい。喜んで良いものなのか、微妙なところである。

「も、も、もう好きなだけ喰って行きゃあ良いじゃないかっ」

気付かぬうちに部屋の隅に追い詰められていた歌麿が叫んだ。鉄蔵はいつの間にか立ちあがって、両手を広げて歌麿に覆い被さろうとしている。その様は、羆《ひぐま》に襲われた大店の若旦那のようである。訳あって山道を一人で歩く若旦那。そこに突然、羆が現れ……。

「ぐぁぁ」

幾五郎は座ったまま両手を上げて獣のような吠え声を出した。いきなりのことに十郎兵衛が怪訝な顔をしている。

「どうした」

十郎兵衛に声をかけられ、我に返った。

「あっ、またやっちまった」

「なにが」

「いえね、面白そうな話を考えつくと、周りのことが見えなくなっちまうようで。酷い時にゃあ、口から台詞を吐きながら、身振り手振りまでするらしいんで」

「やってたよ」

「羆ですかい」

「あれ、羆だったのか」

「はい」

「寝惚けた親父にしか見えなかったぞ」

十郎兵衛に苦笑いで答えている幾五郎を、鉄蔵が呼んだ。

「おいっ、先生がお前たちは好きなだけ呑んで良いっておっしゃってんだっ。遠慮せずに呑め、この野郎めっ」

「完全に調子に乗っちまってらぁ」

「あれは駄目だ」

幾五郎のつぶやきに、十郎兵衛が答えた。座った場所からまったく動かない幾五郎たちを見かね、鉄蔵がこちらに向かってくる。

「お前はこっち、お前ぇはこっち」

幾五郎と十郎兵衛を無理矢理立ち上がらせ、部屋の左右に座らせた。そこには白粉《おしろい》面の女たちが控えている。

「先生、こいつらの膳もお願《ねげ》ぇします。あっ、ついでにあっしのも。あぁ、俺は酒はいらねぇから、旨い飯と甘い物をね」

部屋の中央に立ったまま、鉄蔵が言った。見世のやり手らしき年増女が、唐紙を開いて歌麿の元まで近寄ってくる。

「好きなだけ持って来いっ」

叫んだ鉄蔵を、やり手の敵意に満ちた視線が貫く。しかし四角い顔は知らぬ風で機嫌良く笑っている。やり手に歌麿がうなずく。渋々といった様子で年増女が部屋から消えた。

「おい」

歌麿が掌をひらひらさせて、幾五郎を呼ぶ。大声で唄っている鉄蔵に気づかれぬように、上座まで這ってゆく。顔を寄せると、歌麿が囁いた。

「あいつは呆れるほど喰うが、満足すれば大人しくなる。あいつの腹が満ちたりたら、素直に帰るんだよ。解ったね」

「すいやせん」

鉄蔵の分まで謝る。

「それと、瑣吉って子のことだけどね」

「はい」

顔を寄せたまま語る。

「戯作者になりたいって言ってるのは同じでも、お前とはずいぶん違ってたよ」

どういう意味か解らずにいると、歌麿は言葉を継いだ。

「鉄蔵にはああ言ったがね、あの子のことは覚えてるよ。なんだかこの世の不幸を一身に背負ったってような感じの子だったね」

「どういうこってすか」

「下手したらもう死んでるかも」

ぞっとした。

「おいっ、そんなとこでなに話してんだっ。お前ぇは呑めっ、幾五郎っ」

胴間声とともに部屋の中央に引き摺られる。

鉄蔵の腹が満ち、見世を後にしても、幾五郎の胸には歌麿の不吉な言葉が消えなかった。


三日目である。

瑣吉の兄が仕えているという高井土佐守《たかいとさのかみ》なる侍の屋敷を求めて飯田町九段坂を訪れ、なんの手掛かりもなく辞すると、あとはもう手詰まりであった。身投げの噂を求め、江戸の街を彷徨《さまよ》い、目についた社があれば縁の下まで探す。とにかく鉄蔵の思うまま気の赴くままに歩き回った挙句、瑣吉のさの字も見当たらず、最後は鉄蔵が不機嫌になって仕舞いという有様だった。むしゃくしゃしてこのままでは終われぬという鉄蔵は、己が家で酒を呑もうと言う。自分は呑まないくせに呑もうとはおかしな話であるが、十郎兵衛によれば珍しいことではないらしい。寂しいのだろうと、十郎兵衛は陰気に言った。

今日は泊まれと迫る鉄蔵だったが、十郎兵衛は他所の寝床では寝れぬと固辞し、早々に阿波蜂須賀侯の下屋敷に戻った。耕書堂の食客になりたいという弱みがある幾五郎は、鉄蔵の申し出を断るわけにはいかない。流されるように、鉄蔵の長屋がある本所へと向かうことになった。

「ここを曲がればすぐだ」

醬油問屋と小間物屋に挟まれた路地へ鉄蔵が入る。一日じゅう歩いて棒になった足で付いてゆく。さすがの幾五郎も、軽口を叩けるだけの余裕はなかった。

「ここだ」

路地に入って最初の長屋を鉄蔵が指さした。たしかに曲がればすぐである。

二人して長屋の小路に入った。すでに陽は西に傾き、東の空は藍色に染まっている。今すぐにでも布団に倒れ込んで寝てしまいたかったが、いまから鉄蔵と二人きりの長い夜が待っている。まだこの男の強引な気性に付き合わなければならぬのかと思うと、ただでさえ重い足が鉛のように感じられた。

「なんだありゃ」

長屋に入ってすぐに、鉄蔵が異変に気付いた。四角い顔が向いている方へ目をやると、男が開け放たれた障子戸の前でこちらに背を向けて座っている。震えていた。両手を地面に投げだし、足を情けなく伸ばしている。どうやら腰を抜かしているらしい。

「おい、瑣吉かっ」

鉄蔵が男に叫ぶ。

「えっ」

それは探している男の名前ではないか。そう思って鉄蔵を見ると、すでに隣に頑強な躰はなかった。腰を抜かしている男の方へ走りだしている。おぼつかない足取りで追いかけた。

「どうした瑣吉」

しゃがんで男の肩をつかみ、鉄蔵が揺さぶる。二人の元まで辿り着いた幾五郎は、開け放たれた障子戸の向こうに目をやった。

「こ、こいつぁ……」

思わず声が漏れる。

部屋のなかに女がぶら下がっていた。

「まぁ取りあえず、いち段落ってとこか」

鰯の干物を頭まで綺麗に喰い終わった鉄蔵が言った。彼の部屋である。微かな灯明に、瑣吉の蒼白な顔が浮かんでいた。

「俺の部屋と間違えて隣を開けちまったお前ぇが悪ぃんだよ」

鉄蔵の言葉にも、瑣吉はうつむいたまま動かない。

「呑め」

大福を手にした鉄蔵が、幾五郎に酒の入った茶碗を差しだす。

「呑む気にゃなれませんぜ」

とにかく大変だった。首を括った女の骸《むくろ》を前にして固まった瑣吉をそのままに、幾五郎と鉄蔵は手分けして大家と自身番に走った。それから町方の調べや、大家への報告など、とにかく目まぐるしく時が過ぎ、三人が解放された時には、町はすっかり寝静まっていた。

「あの女の弔い酒だ。呑んでやれ」

「知ってる人ですかい」

「ここに越してきて、まだひと月だ。何度か挨拶しただけだ」

「はぁ」

「長唄の師匠らしいんだがな。三十路過ぎてるが良い女だったぜ」

首を括った骸であった。飛びだしそうな目玉と、伸びた舌ばかりが目に焼きついて、良い女だと言われてもいまいち納得できない。

「きっぷが良くてな。絵師やってるって言ったら、頑張りなよってなぁ」

淋しそうに鉄蔵が大福を丸々頰張る。二度三度口をもごもごとさせると、驚くことに大福が消えた。そして、茶をひと口呑んで、瑣吉を見る。

「お前ぇ、どうして俺んとこに来たんだ」

「死のうと思って」

身の毛もよだつほど湿った声で、瑣吉が言った。さすがの鉄蔵も声を失う。気味の悪い沈黙のなか、瑣吉がぼそぼそと語りはじめた。

「読本を書いて生きてゆこうと決めたのに、京伝先生にも蔦重さんにも捨てられて、下駄屋に婿養子に入って、私ぁこのまま下駄屋の主人で終わるのかと思うと悲しくなりましてね。こんなことならいっそ、死んでやろうと思いまして。江戸の街を彷徨ったのですが」

でもねぇ、と言った瑣吉が鉄蔵と幾五郎を交互に見る。淡い光に浮かんだ顔は、この世の物ではない。地獄に片足突っこんでいる。

「死ねないものですねぇ」

「あ、当たり前ぇじゃねぇか。そりゃあ誰でも命は惜しいやな」

強がるように鉄蔵が相槌を打った。にやりと笑ってそれを受け、瑣吉は続ける。

「死のう死のうと思っているうちに、なんだか無性に鉄蔵さんに会いたくなりましてねぇ、それで前に教えてもらったのを頼りにここまで来たんですが」

「間違えて隣の戸を開けちまったって訳か」

そして首を括った女と出くわした。

「鉄蔵さん」

うつむいたまま瑣吉がつぶやく。

「なんだ」

「死ぬってのは無残ですね。美しかった人が、あんな姿になっちまうなんて」

「そうだろ。死ぬなんてこたぁ、軽々しく口にするもんじゃねぇ」

なにかを思いだしたのか、瑣吉の躰が一度激しく震えた。

「蔦重に捨てられたって、お前ぇ言ったな」

瑣吉がうなずいた。鉄蔵は二匹目の鰯をぼりぼりと噛み砕く。甘い物を食べて、塩気のある物を食べ、また甘い物を食べる。

「お前ぇを探せと俺に言ったのは、蔦重の親父なんだぞ。俺とこいつは、二日前からお前ぇのために江戸じゅうを走り回ってたんだ」

一日目は京伝に毒づきに、二日目は飯目当てに歌麿のいる吉原に。本当に歩き回ったのは今日だけである。

「そういえば、この人は」

瑣吉の言葉を聞いて、挨拶をしていないことに気づいた。が、幾五郎が口を開くより先に、鉄蔵が言葉を吐いた。

「こいつぁ戯作者になるために、蔦重のとこに身を寄せることになった、幾五郎だ」

まだ決まったわけではないが、こうして無事に瑣吉が見つかったのだから、一歩進んだとは言える。

「戯作者を……」

ねめつけるような目を、瑣吉が向けてくる。苦笑いを浮かべながら、幾五郎はうなずいた。

「こいつだって、この先どうなるか解らねぇ。戯作者んなっても、喰っていける訳じゃねぇんだ。それでも、こうして生きてる」

鉄蔵の目に圧が満ちた。

「死んだら、好きな話は書けねぇんだぞ」

交互に食べるのが面倒なのか、鉄蔵が右手に大福、左手に干物を持って話し始めた。

「良いか瑣吉。俺たちにゃあ、筆しかねぇんだ。俺は絵、お前たちは字。書く物は違うかも知んねぇが、筆を使うのは一緒だ」

言って大福を喰い、それから部屋の端にある文机に置いてあった、ぼさぼさになった筆を取って、大きく掲げた。

「死ぬまで書くしかねぇんだよ俺たちは。書いて書いて書きまくるんだ。銭になるかどうかなんか関係ねぇ。書くしか能がねぇから書く。それだけだろ。え、違うか瑣吉っ」

瑣吉は小男である。そんな瑣吉が、巌のごとき体軀の鉄蔵に責められている様は、さながら地獄で鬼に苛まれている亡者だ。

「明日が不安なら、それを書け。今の境遇に恨みつらみがあるんなら、それも書け。道を開くにゃ、それしかねぇんだよ」

「あぁ」

呆けた声を瑣吉が吐いた。

「これだから私は、鉄蔵さんに会いたくなったんだ」

骨ばった掌で己の膝を打ち、瑣吉が鉄蔵を見た。わずかに生気が蘇っている。

「間違っているかどうかなんか関係ない。あなたは兎に角、言いきってしまう。自分がこうだと思ったことを、迷いなく口にする。思ったことをそのまま口にするあなたに、私は言い切って欲しかったんでしょう」

「なにを」

勢いを削がれたのか、鉄蔵が筆を畳に置いて耳を傾ける。

「さっきあなたが言ったように、私たちには筆しかないということをですよ」

「お、おう……」

照れ臭そうに鉄蔵が胸を張る。

幾五郎は不意に可笑しくなった。そう思いはじめると、笑いを止められなくなった。

「なに笑ってんだ」

鉄蔵の言葉を聞いても、止められない。ここ数日の鬱憤を吐き出すように、笑い続けた。あまりのことに瑣吉も呆気に取られている。呑まずにいた酒をひと息に干し、腹に溜まった気を吐くごとくに、口から言葉を迸《ほとばし》らせた。

「いやぁ、あんたたちは本当に面白ぇっ」

「なんだってんだ、いきなり」

鉄蔵が眉をしかめて問う。楽しくなった幾五郎は止まらない。

「話が書けねぇくれぇなら死にてぇ。なにがあろうと絵を描き続ける。根暗だったり、暑苦しかったり色々と面倒臭ぇが、けっきょく、二人とも書くことがなにより好きなんじゃねぇか。こんな定まりきった世の中なんざ、ちっとも面白くねぇ。だからよぉ、面白ぇ物でも書いてなけりゃ、やってらんねぇよな。面白ぇ、面白ぇよ」

面喰《めんくら》った二人が、幾五郎を見ている。

「これからもよろしく頼むぜ、ふたりとも」

「いや、まだお前ぇが耕書堂に厄介になるかどうか解らねぇし」

鉄蔵が水を差す。

「そんなこと言うなよぉっ」

肉厚な肩を叩きながら、幾五郎は笑う。酒は好きだが滅法弱い。すでに酔いが回っている。

「運の強ぇあんたが味方してくれたら、間違いねぇって。だってよぉ、瑣吉のことだって、遊び回ってたくせに、なんとかなっちまった」

「瑣吉……。呼び捨て」

ぼそりと瑣吉が言ったのも気づかず、幾五郎は鉄蔵の肩を抱きながら、なおも語る。

「十郎兵衛の言う通りだったぜ。あんたは運が強ぇから、不思議と帳尻が合うってね。まぁ、馬鹿だから自覚してねぇだろうがってな」

「誰が馬鹿だ」

「あっ、うっかり」

悪い癖である。

「手前ぇ、酔ったふりして、調子に乗りやがってっ」

鉄蔵がのしかかってきた。太い指が首に食いこむ。

「お、俺ぁ、酒が弱ぇんだっ。本当に酔ってんだよっ。ちょ、ちょっと鉄蔵の兄貴っ」

「お前ぇの兄貴になった覚えはねぇっ」

「どっかで聞いたような……」

「うるせぇっ」

助けにも入らず、瑣吉は二人を見て笑っている。あの世からなんとか戻ってきたようだ。

「まだ夜は長《なげ》ぇ、今宵は呑むぞ。な、兄貴」

腹が満ちて眠そうな鉄蔵を、幾五郎は朝まで寝かさなかった。

「お前はなにやってんだ。家族がみんなで心配してんだぞ」

目の前に座った瑣吉を、蔦重が叱りつけている。それを幾五郎と鉄蔵は、下座の端から見守っていた。

「も、もう書けなくなると思っちまって、そんなことならと……」

「馬鹿なこと言うんじゃない。書きたかったら書けば良いだろ。出来たら私に見せれば良い。お前には手代は無理だと思ったから、あの家を見つけてきたんだ。あそこで暮らして、暇を見つけて書いたら良い」

「私を見限ったわけじゃ」

「ないに決まってんだろ」

「鉄さん」

振り返った瑣吉が満面の笑みである。それを見て、鉄蔵はおおきくうなずいた。蔦重が腕を組んで、瑣吉を優しく見つめながら口を開く。

「もう二度とおかしな真似はするんじゃないぞ。今度いなくなっちまっても俺ぁ探さねぇからな。解ったら、商売の合間にでもなんでも暇を見つけて、お前の好きな物を書け。待ってるぞ」

「ありがとうございます」

頭を下げた瑣吉の声がわずかに震えていた。

「さて……」

躰をかたむけた蔦重が、丸まった瑣吉の背中の向こうから幾五郎を見た。

「後は、お前だな」

「ちゃんと、見つけてまいりやした」

「解ってるよ」

幾五郎を見ていた瞳が鉄蔵に向けられる。

「この男、お前の目から見てどうだ」

「面白ぇ奴だ」

「ふぅん、そうかい」

腕を組んだまま、鼻から息を吐き吸いしながら、蔦重がしばし黙る。

「うちは何もしねぇ奴を置いとくような余裕はねぇぞ」

「掃除でも遣いでもなんでもやりやすっ」

「話を書くことも忘れんじゃねぇぞ」

「忘れることなんかできやせんっ」

蔦重が笑った。

「良いんじゃねぇか」

「やったな」

鉄蔵が二の腕を叩いてくる。瑣吉が笑っていた。どうやら寄宿を許されたらしい。

「改めまして、幾五郎でございます。どうぞ宜しくお願いいたしやす」

「励め」

「はいっ」

其ノ弐　瑣吉が悩む

お前はいったい何者だ。

瑣吉は己に問うた。

自分自身が答えを知らないのだから、当然、言葉は返ってこない。そんなことは百も承知の問いである。はなから答えを求めぬ問いなのだ。問うこと自体に意味がある。要は、己で己が良く解っていないということの確認のために、わざわざ心の中で己に問うたのだ。

実に回りくどい。それも良く解っている。

勘働きは悪くない方だと思う。だから己の面倒臭さは、己が一番理解しているつもりだ。

いつからこんな風になったのか。

幼い頃は気性が荒く、真面目な父から良く叱られたものだ。聞き分けの良い兄たちとは違い、なにかにつけて憎まれ口を叩く瑣吉に母は辟易し、お前は慎むということを知らぬのかと、何かある度にくどくどと言われた。

そう……。

あの頃の瑣吉は、多少扱い辛いところはあったが、闊達な子供だったのだ。それが今では、周りの者から根暗だと思われている。いや、己でも暗いと思う。

どこかで捻じ曲がったのだ。ならばどこで。解らない。心当たりがあり過ぎて、どこでどう間違ったのか、自分でも良く解らない。気づいた時には、世を拗ねきった大人になっていた。

生まれたのは、江戸深川である。海辺橋の東にある松平信成《まつだいらのぶなり》の屋敷内であった。瑣吉の生まれた滝沢家は、代々この家に仕えていた。千石あまりの旗本である松平家の屋敷内に家を与えられ、家族とともに暮らしていたのを、今でもはっきりと覚えている。小禄ではあったが、下女が二人いた。決して裕福とはいえなかったが、父が家臣筆頭に据えられていたから、武士としての体面を保つくらいの暮らしは出来ていたように思う。

父が死んだのは九つの時だった。酒の飲み過ぎが原因であったと知ったのは、後年、兄に教えられてからのことだ。

父が死んでから、滝沢家はおかしくなった。

兄が十七で家督を相続したが、家臣筆頭の地位は奪われ、禄も減らされた。とうぜん下女を雇う余裕などない。主家の仕打ちに耐えかねた兄は、翌年になると松平家を飛び出し、別家に仕官した。結果、瑣吉が十歳で家督を継ぐことになった。松平家の屋敷内にあった家は取り上げられ、狭い宿所に押し込められると、母と姉妹は貧しい暮らしを厭い、兄の仕官先へと逃げて行った。取り残された瑣吉は、代々滝沢家が仕え続けてきた松平家に一人で仕えることになった。冷や飯を食わされるような暮らしに四年も耐えた己を、褒めてやりたい。今でもそう思う。

松平家を飛び出したのは十四歳の冬のことだった。

弟を心配した兄は、己が仕える戸田大学忠諏《とだだいがくただもと》の所へ仕官を勧め、ここに三年半ほど留まった。しかし戸田家での暮らしも水が合わずに飛び出すと、一年半ほど食うや食わずで放浪した。色々な場所を転々としている瑣吉をやっとのことで捜し出した兄から、母が倒れたことを知らされ、家族の元に戻って看病の日々を送る。母が死ぬと、今度は叔父に世話になり、しばらく厄介になった後、別の旗本の所に仕官したが、これも長くは続かなかった。そうこうするうちに己自身が病になって、また兄の元に転がりこんで養生すること三ヶ月あまり。気づけば二十四歳になっていた。山東京伝の家を訪ねたのは、その頃のことである。

もともと本が嫌いではない。松平家の狭い宿所に一人でいた頃は、暇なことを良いことに、貪るように本を読んだ。四書五経のような堅苦しい物から、洒落本、滑稽本にいたるまで、とにかく文字が記されているものならなんでも良かった。

己でも書いてみようと思うようになったのは、自然なことだったのだろう。山梁貫淵《やまやなぬきぶち》という狂名を用いて狂歌を詠んでみたり、亭々亭《ていていてい》と名乗りもした。しかし一番興味をそそられたのが、戯作であった。

三国志や水滸伝のような血湧き肉躍る物語を読むのが、なにより好きである。英雄豪傑の活躍に没頭していると、腑抜けた日常を忘れることができた。狭い宿所が壮大な戦場に変わり、矮小な己が古今無双の英雄になる。そんなひと時に、どれほど救われたことか。

己も書いてみたい。

気づけば、足が京伝の家へと向かっていた。伝手すらない瑣吉を、京伝はなぜか二階の居室へ招き入れてくれた。それから幾度となく通ううちに、住み着くようになっていた。糸の切れた凧のごとく、主家を転々と替えて彷徨い歩く暮らしに倦みきっていたし、武士に未練もなかった。これからは己の思うように生き、戯作者として身を立てるのだ。その決意だけが胸にあった。

しかしそれも思うようには行かなかった。

京伝の家にある時は、彼の趣向を元に、瑣吉が筆を取り、代作をしたりして腕を磨き、その後、耕書堂の手代として働きだすと、『御茶漬十二因縁』や『鼠子婚礼塵劫記』などという黄表紙を、書いたりもした。

曲亭馬琴という筆名を用いだしたのもこの頃だ。漢書の〝巴陵曲亭の陽に楽しむ〟から曲亭を取り、十訓抄の小野篁《おののたかむら》の〝才馬卿に非ずして琴を弾くとも能はじ〟から名は馬琴とした。

本を出してもらうことは、戯作者を志す者としては、有難いことだ。ましてや、蔦重の耕書堂といえば、今最も勢いのある地本問屋である。京伝の紹介で、蔦重にも目をかけられ、本も出版してもらいながら、それでも、なぜか釈然としない。

書きたい物が違うのだ。

当世流行りは洒落や滑稽などの、世の中を面白おかしく皮肉った作品ばかり。今は太平の世なのだから仕方がない。日々の憂さを晴らすために人は本を読む。暮らしが窮屈なのに、本を読む時まで堅苦しいのは辛いに決まっている。それでも、瑣吉は堅苦しい物が書きたかった。

愉しんでもらうのは当然のことだ。堅苦しくたって愉しい物はある。いや、堅苦しいといっても、流行りの洒脱で滑稽な作品よりもいささか真面目だというだけで、本質としては娯楽なのだ。

要は三国志や水滸伝なのである。幼い頃より瑣吉を救ってくれたのは、英雄豪傑だった。吉原に通い詰めて通を気取っている商家の若旦那でも、人に似せた鼠や御茶漬などでもない。頁をめくって洒落た言葉で笑うよりも、次の展開が気になって頁をめくる手がとまらないというような男の話が書きたいのだ。

しかし求められるのは洒落や滑稽ばかり。

書きながら、どんどん鬱屈が溜まってゆく。元が武士であるから、手代仕事を心のどこかで下に見ている。そんな調子だから、日々の雑事もままならない。下に見ていると己で自覚している所が、余計に性質《たち》が悪い。同輩には嫌われて、上の者からは見向きもされない。とっくの昔に、性根は闇に染まりきっているから、己から擦り寄って愛嬌を振り撒く気にもなれなかった。

蔦重が愛想を尽かすのも当然だ。いかな京伝肝煎りの手代だとはいえ、働く者たちから不満の声が上がれば、重い腰を上げざるを得ない。結局、婿入り先を見つけられ、追い出された。

飯田町中坂下の下駄屋で、商人でありながら会田《あいだ》などという姓を持っている。店の名は伊勢屋《いせや》という。ここの主人はとっくに死んで、母と娘で店を切り盛りしているということだった。娘のお百《ひゃく》は三つ年上。そのうえ一度入婿を貰っておきながら、折り合いが悪く離縁しているというい
わく付きだった。が、それでも承服したのは、母娘が二人で店を切り盛りしている訳だから、己が下駄屋をせずとも良いという蔦重の言葉があったからだ。

しかし話が違った。

お百も姑も瑣吉が来たら、これ幸いと面倒事を持ってくる。わずかの間の店番から始まって、遠方への泊りがけの使いのごとき数日を要する物を言ってくるようになるまでに、そう時はかからなかった。待ちに待った主がやって来たとばかりに、瑣吉を嫌というほどこき使う。離縁が頭を過《よぎ》るのに、十日もいらなかった。それでも踏み止まったのは、離縁すれば蔦重や京伝の顔を潰すことになり、戯作者として身を立てるという夢が水泡に帰すと思ったからだ。

滝沢という姓は捨てられない。婿に入りながらも、無知な母娘をあれやこれやと言いくるめ、いまも滝沢を名乗っている。母娘は強引なまでに頼み事をしてくるが、決して居丈高ではない。店にこだわりを持つ姑さえ死んでしまえば、お百を言いくるめて、さっさと廃業するつもりだ。

伊勢屋には別の旨みもあった。間口十五間の家主をしている。舅が存命中に手に入れたのだろう。黙っていても年二十両という金が入って来る。夫婦二人ならば、下駄屋などせずとも十分やっていけるはずだ。

そうなれば執筆に専念できる。もう少しの辛抱だ。姑が死ねば……。

死ね。死ね。死んでくれ。

念仏のように心に唱えながら、下駄屋稼業に埋没する日々を送っている。

侍に生まれ、戯作者を志し、今では下駄屋の主。

お前はいったい何者だ……。

己の身になれば、誰でもそう問いたくなるだろう。鬱屈の上に鬱屈が被さり、暗い情念だけがうずたかく積まれた心には、一条の光すら射しはしない。どこを見ても闇ばかりだ。

「おいっ」

誰かが怒鳴っている。やけに五月蠅《うるさ》い。

「聞いてんのかっ、瑣吉っ」

思い出した。ここは耕書堂。蔦重の居室だ。

そう思うのと同時に、靄がかかっていた視界が明瞭になった。今まで白い煙の膜しかなかった眼前に、腕を組んだ四十男が座っている。己を睨む目は、明らかに怒っていた。この屋の主、蔦屋重三郎だ。

「お前ぇ、寝てんじゃねぇだろうな」

「起きてますよ」

ぼそりと答えると、蔦重はこれ見よがしに溜息を吐いた。この男は、なにかにつけて芝居がかっている。そう思っても決して口には出さない。当たり前だ。御機嫌取りのべんちゃらひとつ言えない口が、喧嘩腰の悪態など吐けるはずもない。心ではこんなに喋っているのに、どうして口からは端切れの様な言葉しか出てこないのか。瑣吉自身不思議に思う。

「なぁ、瑣吉よぉ、書くのか書かねぇのか、どっちなんだ」

大きく身を乗り出しながら、蔦重が問う。

新たな滑稽本の依頼を受けている。さほど売れてもいない己に頼んでくるのは、どうせ京伝あたりに泣きつかれたからだろう。でなければ今をときめく耕書堂が、己などに頼みはしない。

鬱屈、鬱屈、鬱屈……。

なにひとつ素直に喜べない。

「はっきりしねぇかっ」

痺れを切らした蔦重が、畳を叩いた。毎日下女が丁寧に拭き掃除をしているから、埃ひとつ舞いはしない。うちの家ではそうは行かぬ。妻も姑も、なにをやるにしても大雑把だから、拭き掃除をしてもなお、家じゅう埃だらけ。昼日中に目を凝らすと、陽光に照らされた塵が、きらきらと輝いて、それは綺麗……。な訳がない。不快極まりない。そんな煤けた家にいても雑用を頼まれるだけだからと、こっそり抜け出して耕書堂の暖簾を潜った。

「おい瑣吉よぉ」

怒った後に、諭すような優しい口調になるのも、この男の癖だった。いや、そんな姿を己以外の者に見せた所を知らない。ということは、目をかけてもらっているということか。いやいや、そんな訳は……。

「目ぇ開けたまま寝るんじゃねぇっ」

立ち上がった蔦重が、ばたばたと足を鳴らして近づいてくる。大きな掌が、瑣吉の頬を挟んだ。唇を蛸のように丸めた瑣吉の鼻先で息を荒らげる蔦重は、仁王のごとき形相である。

「ね、寝へまへんほ」

口を挟まれているから思うように喋れない。

「趣向も筋立てもお前ぇに任せる。滑稽本一冊。受けるのか受けねぇのか、どっちだ」

やるっ。

鉄蔵ならそう言うだろう。いや、あの男は絵の方か。

蔦重の両手から力が消える。瑣吉の口が元の形を取り戻した。

「やるのか」

やれと言っているようなものだ。

「で、でも……」

曖昧な瑣吉の言葉を聞いた瞬間、蔦重がもう一度溜息を吐いて元の場所に戻って座る。そして、芝居っ気たっぷりにがくりと肩を落とすと、掌をひらひらと振ってみせた。

「もう良いよ。帰んな」

「ま、まだ答えて」

「やらねぇって言ったじゃねぇか」

「言ってませんよ」

言葉を遮るように素早く答えた瑣吉に、蔦重が眉根に深い皺を刻む。

「あのなぁ瑣吉。江戸の街にゃあ、戯作者んなりてぇって奴は五万といるんだ」

誇張だ。満足に喰えもしない商売をやりたいと思う者がそんなにいるはずはない。そんな瑣吉の心のなかの悪態など知りもせず、蔦重は続けた。

「お前じゃなくても良いんだぜ」

「はぁ」

「だから、やるかと聞かれて、そう返すってことは、やらねぇって言ってんのと同じなんだ。鉄蔵なら、やるかと言い終わらねぇうちに、やるって返して来やがる。こういう稼業はそんくれぇの気概がなくちゃいけねぇんだ」

やはり鉄蔵の名が出た。あの男はとにかく単純だ。深く考えるということを知らない。目の前に餌をぶら下げられれば、足元に穴が空いていようと駆けだす男だ。瑣吉は考えている。だから答えに窮するのだ。

鉄蔵が羨ましい。己が信じた道をひたすらに突き進む。その先になにが待っていようと、笑みを浮かべて切り抜ける。そんな鉄蔵が心底羨ましかった。

「やらないとは言ってませんよ」

「ほら、それだ。お前ぇは、なにかって言うと、上から物を言うだろ。まだ、侍の性根が抜けきれてねぇんじゃねぇのか」

　戯作者だと言えば侍だと責められ、今も武士である兄たちからは、町人になったと嘆かれる。どこにいっても己の居場所はない。目頭に熱い物を感じ始めた時、二人きりの部屋を仕切る障子戸が、音もなく開いた。

「おっ、居やがった」

　戸の隙間から室内を覗き込む男が、瑱吉の顔を見て言った。

「そんな所につっ立ってねぇで、入って来なよ京伝先生」

　男の顔を見ながら、蔦重が手招きする。戸のむこうに立っていたのは、山東京伝だった。京伝は瑱吉の顔を見たまま室内に入って座る。ちょうど蔦重と瑱吉の間にあたる場所であり、三人が三角の頂点になるような位置になった。京伝は身体を瑱吉の方に向けて座っている。

　二人から見られ、顔を伏せた。

「先生からも言ってやってくれねぇか」

「何を」

　京伝が蔦重に問いながら、懐の煙管を取り出した。慣れた手付きで、雁首に煙草をねじ込みながら、瑱吉を見つめている。

「滑稽本一冊頼もうとしてるんですが、どうにも煮え切らねぇみてぇで」

「なるほど」

　京伝はうなずくと、蔦重が差し出した煙草盆を引き寄せ、付け木で煙草に火を点けた。

「滑稽本なんかじゃなくて、長々とした軍記物や水滸伝みてぇなのがやりてぇんだよな」

京伝の口調に、軽んじるような響きが、かすかに滲む。だから瑣吉は、答えも、うなずきもしなかった。

「そいつぁ俺も重々解ってるんですがね」

蔦重が重々しい声で言った。瑣吉は、京伝の口から湧く煙を見つめる。

「でもねぇ、そういった物はおいそれと出せやしねぇし、第一、流行らねぇ」

「その通りだ」

京伝が答えて雁首を灰吹きの縁にぶつけた。

瑣吉の掌が、己の腿に食い込む。悔しくて堪らない。長大な話のなにが悪いのか。流行らなければ書いてはいけないのか。

蔦重の穏やかな声が降って来る。

「お前ぇがやりてぇことは、俺も先生も知ってるぜ。三国志、水滸伝。結構じゃねぇか。やりゃ良いだろ。存分にやれ。で、そのやりてぇ物って奴の筋立ては、出来てんのか」

「え」

これは書かせてくれるという流れなのか。瑣吉の顔が跳ねあがり、見開かれた目が蔦重をとらえた。

「筋立ては出来てんのかって聞いてんだよ」

「え、えと……」

書きたい書きたいと思ってはいるが、筋立てが定められずにいる。話の欠片のようなものが頭の中に散らばっていて、どれから手を付けて良いのか解らない。身中に大きなうねりはあるのだが、糸口が見付からない。そんな状況だ。

分厚い手が、瑣吉の肩に触れる。いつの間にか、蔦重が目の前まで来ていた。

「やりてぇことの筋立ては決まってねぇ。頼まれ仕事もやりたくねぇ。それじゃお前ぇは、なにをやりてぇんだ。そんなことじゃあ、戯作者として生きていきてぇってお前ぇの言葉も疑わしく思えて来るぞ。戯作の道は諦めて、下駄屋の主人でいた方が、お前ぇ自身も楽なんじゃねぇか」

「嫌だっ」

大きな声が喉から飛び出し、瑣吉自身が誰よりも驚いた。

「わ、私は戯作者に……」

これ以上、話すと泣きそうだった。人に涙など見せられない。だから、もう喋れない。瑣吉の身体が激しく上下する。それを見かねた蔦重が、掌でぽんぽんと肩を叩くと、元の場所に座る。

「だったら、やってもらうぞ。もう、四の五の言うんじゃねぇぞ」

うなずきで答えると、蔦重が肩をすくめて京伝を見た。小さく笑った京伝は、呆れた目を瑣吉にむけた。

「面倒な奴だな、お前は。なんで俺や蔦重の旦那が、ここまで目をかけるのかを、もっと真剣に考えろ。愚か者」

また、うなずく。答えたら泣きそうなのだ。

蔦重が京伝の言葉を継ぐように口を開く。

「俺や京伝先生がここまで目をかけてるのには、理由があるんだ。お前の物は読める。そりゃ、お前ぇの力だ。お前ぇは嫌々書いたかもしれねぇが、読むこっちは、そんなこと考えずにすらすらと読めちまうんだ。お前ぇには力がある。だから俺も先生もここまで肩入れしてんだぞ。誰にも彼にもここまで言う訳じゃねぇんだ」

有難い。素直にそう思う。しかしそれを言葉にできるほど、瑣吉は真っ正直ではなかった。捻じ曲がっている。そんな己が、うんざりするほど憎らしい。

「良しっ」

前の方から肉で肉を叩くような弾けた音が聞こえた。顔を上げて蔦重を見ると、どうやら膝を叩いたようである。

「と、いうことで、お前ぇはもう少し砕けねぇと駄目だ。だから、今日はこれから先生と一緒に仲に行って遊んでこい」

仲……。

吉原のことだ。真四角の堀で囲まれた吉原の出入り口は、大門のみ。この大門から町を左右に二分するように貫かれた大通りを、仲之町という。この仲之町の仲を取り、吉原のことを仲というのだ。

涙が目玉の奥の方に一気に引いた。

「どうしてそんなことになるんですか」

「そんなに嫌がることたぁねぇだろ。もっと気楽に考えろ。ただで遊べるんだから、喜べよ。大体、その堅っ苦しさが邪魔をして、お前ぇはひと皮剝けきれねぇんだ」

眉間に皺を寄せて語る蔦重を、戸惑いながら瑣吉は見る。

女が嫌いな訳ではない。吉原が苦手なだけだ。あの見え透いた虚飾の中にいるだけで、背筋に寒気が走る。見栄と粋などという痩せ我慢で、男も女も己を装う。そうして上辺を取り繕って酒を呑み、夜が更けると、二人でそそくさと小さな部屋の中にしけこむ。先刻まで嘘で塗り固めた言葉を交わしていた者同士が、布団のなかで情を交わすなど、滑稽な話ではないか。瑣吉だって幾度かは、仲へと繰り出し朝を迎えてもいる。しかし、朝日に白く染まる障子戸を寝ている女の横で見る度に、居心地の悪さと虚しさだけが身を包み、寒々しい心地で大門を潜るのだ。

「今日は、京伝先生と一緒に繰り出すはずだったんだが、ちぃと野暮用が出来ちまってな。先方には行くって使いを出してるから、止めって訳にもいかねぇ」

「私は、身代わりという訳ですか」

「嫌な物言いだな」

右の眉を吊り上げ、蔦重が言った。逃げるように腰を上げた瑣吉を突き出した掌で制してから、続ける。

「とにかく、お前ぇは今夜、先生について仲に行く。そしてその頭ん中でこんがらがってる物を解《ほぐ》して来い」

女の白粉の臭いなど嗅げば、解すどころか余計に絡まってしまう。

「あ、あの」

「解ったな」

言って蔦重が立ち上がる。

「じゃあ、先生頼みましたよ」

「はいよ」

気軽な素振りで右手を上げて、京伝が蔦重を見送る。廊下から気配が消えたかと思うと、京伝が己の膝を叩いて瑣吉を見た。

「さて、主の居ねぇ部屋に長居する訳にも行かねぇだろ。支度がてら外に出るか」

「でも、私は」

「今日は付き合え」

それ以上の抗弁は許さぬというように、京伝がきっぱりと言った。

「ん、なんだ」

瑣吉を見ていた京伝の顔が、横に向く。その目が障子戸をとらえている。昼の陽光を受けて、三つの人影が障子に映っていた。

「にひひひひ」

障子戸と柱の間に指一本ほどの隙間があり、そこからやけにぎらついた目が部屋を覗き込んでいた。

「ちっ、聞いてやがったのか」

京伝が憎々しげにつぶやくと、障子戸が開き、ぎらついた目の主が姿を現した。

「聞いていやしたぜぇ、京伝大先生。いや、今日は大明神様か。ひひひひ」

「おい鉄蔵。汚ねぇ声で笑うんじゃねぇよ」

京伝が中央に立つ鉄蔵に言った。左右に控えているのは、最近この店に住みこむようになった幾五郎と、能役者の斎藤十郎兵衛だ。悪辣な笑みを口に張りつかせた鉄蔵同様、幾五郎も意地汚い笑顔で、京伝を見下ろしている。十郎兵衛は仏頂面で、どこを見ているか解らない。

障子戸を開いたまま、鉄蔵が詰め寄るように京伝の真ん前に座った。

「なんか、楽しそうな話をしてたじゃねぇか」

「こいつの湿気た悩みを聞いてただけだ」

言って京伝が顎で、瑣吉をさす。その一瞬だけ、鉄蔵は瑣吉の方を見たが、すぐに京伝へと目を戻した。

「こいつの悩みなんてどうだって良いんだ。だってよ、この前こいつが消えた時、俺ぁ言ってやったんだ。俺たちには筆しかねぇ。だから書くしかねぇ、とな」

あの時のことは、本当に感謝している。死にたいくらいに重かった心が、幾何《いくばく》かは晴れた。それから数日は、地道に頑張ろうと思いもした。が、性根が曲がっているから、すぐに心が重くなる。元の木阿弥だ。

瑣吉のことなど見もせずに、鉄蔵が京伝に語る。

「書かなきゃ消える。そんだけだ。俺たちが居んのは、そういう所だろ」

「だったら、こんな所で油売ってないで、帰って一枚でも描けよ」

「俺ぁ、楽しいことが大好きなんだ。お前ぇらもそうだよな」

幾五郎がにやついてうなずき、十郎兵衛は顔ががくりと落ちたように見えた。どうやらこちらも、うなずいたようだ。二人を子分のように従え、鉄蔵はなおも詰め寄る。

「蔦重の親父も言ってたじゃねぇか。たまには仲に行って砕けねぇと駄目だってね」

「そいつは瑣吉のことだろが。お前とそこのえぇと」

「幾五郎でやす」

京伝の意図を察して、幾五郎が返す。

「そうだ、幾五郎だ。お前ぇたちはもう十分に砕けてるだろ。そこの人は知らないが、まぁ、別に仲行って楽しむって柄でも無いだろ」

「おい斎藤さんよ。お前ぇ言われてんぞ」

「私が楽しんではいかんのか」

鉄蔵に尻を叩かれ、十郎兵衛が幽鬼のごとき面をしながら、ぼそりと言葉を吐いた。我が意を得たりと、鉄蔵のにやけ面が、十郎兵衛の言葉を聞いて一層崩れる。

「斎藤さんもこう言ってんだ。二人も五人も違わねぇよ。ちっとばかり増えたくれぇで四の五の言う蔦重じゃねぇよ」

「大違いだ」

「駄目だって言っても、付いて行くぜ」

鼻の穴を思いっきり広げ、鉄蔵が胸を張った。駄々っ子である。京伝が、ため息を吐く。

「どうなっても知らねぇからな」

そのひと言で、鉄蔵たちの顔が眩しいくらいに明るくなった。あの十郎兵衛の土気色の肌でさえ、わずかに赤味が差したようである。

なにがそんなに嬉しいのか。

瑣吉の心はいっそう重くなった。


五月蠅い。眩しい。甘ったるい。

褌《ふんどし》一枚で踊っている鉄蔵に湿った視線を送りながら、瑣吉は一人鬱々としている。蔦重馴染みの引手茶屋の二階で、派手な酒宴が開かれていた。見世の遊女も揃い、芸者や幇間が京伝を真ん中に置いて騒ぎ立てている。

幇間が青くなるほどの勢いで、鉄蔵が騒いでいた。驚くべきことに、この男は下戸である。一滴も呑んでいないのに、京伝の横に座った花魁の白粉顔が固まるくらいの騒ぎっぷりなのだ。図体がでかいから、動きがいちいち大きい。四角い顎から吐き出される声が、躰に輪をかけて大きいものだから、迫力が尋常ではなかった。躰を赤銅色に染めた鬼が、獄卒どもを引き連れて舞い踊っている。そんな光景がふと、脳裏を掠めた。

「大丈夫ですかい」

いきなり隣から声をかけられ、瑣吉は小さく躰を撥ねさせた。右を向くと、先刻まで遠くにいたはずの幾五郎が、いつの間にか隣に座っている。

「骨の髄まで詰まらねぇっ、って顔ですぜ」

詰まらないのだから仕方がない。しかし、そんなことは言えもせず、愛想笑いをひとつ浮かべてお茶を濁す。

「宴が終わって見世に行きゃ、堅物の瑣吉さんでも、ちっとは柔らかくなるんでやしょう。あ、腹の下は堅くなるか。けけけ」

「そりゃもう、誰っよりもなっ」

踊っている鉄蔵が聞きつけて、大声で叫んだ。叫びながら己の褌に拳を入れて、上にむかって突き立てる。

「鉄蔵さんっ、見えてるっ。ぬはははは」

幾五郎が茶々を入れた。その絶妙な間に、鉄蔵が喜んでいる。いつの間にか二人は、古くからの知己のごとき間柄になっていた。

「お前ら、やり過ぎだぞっ」

京伝が堪忍袋の緒を切らして叫んだ。細身からは考えられぬほどの大声である。鉄蔵の声を突き破って響いたものだから、皆が一斉に驚いて押し黙った。その時になって、京伝は己がなにをやったのか気付いたようで、一度咳払いをして、今度は穏やかに話し始める。

「少しは考えろ。あんまり野暮な真似してると、一人寂しく寝ることになるぞ」

もう手遅れではないだろうか。幾五郎はまだしも、鉄蔵はやり過ぎだ。四人以外の皆が、あまりの迫力に引いてしまっている。

もう何が何だか訳が解らない。京伝と二人で粋に遊ぶことも乗り気ではなかったが、この馬鹿騒ぎはどうかと思う。こんなことは、鉄蔵の家や耕書堂あたりでやることだ。女たちや幇間にすっかり呆れられている。京伝はまだしも、瑣吉は完全に、鉄蔵たちの仲間だと思われているようだ。

私は違うっ。そう叫びたかったが、やれる訳がない。そんな自分を情けなく思う瑣吉の目の前を、着物を小脇に抱えた褌姿の鉄蔵が、首をすくめながら通り過ぎる。

「ぶほっ」

　それを見た幾五郎が、酒を吹きだした。

「汚ないぞっ、幾っ」

　京伝が大声で叱る。いつの間にか幾五郎は、京伝に幾と呼ばれていた。この男には人を気安い気持ちにさせる所がある。

　鉄蔵や幾五郎は楽しそうだ。そう思ったら、不意に十郎兵衛が気になった。部屋の隅に陣取った陰気な男を見ると、ちゃっかりと女を脇に座らせ、今の騒動など我関せずといった様子で淡々と酒を呑んでいる。盃を傾けては、隣の女に小声で語りかけていた。驚くことに女が笑っている。あの土気色の顔からどんな洒落が吐き出されているのか、寄って行って聞いてみたかった。

「おいっ、瑣吉っ」

　十郎兵衛に目を奪われていると、京伝の怒鳴り声が、己の名を呼んでいる。驚きで息が止まった。畳から浮いた躰を機敏に回転させ、上座の京伝へ向ける。真っ赤に染まった顔が、こちらを睨んでいた。

「今日は、お前のために来てるんだぞ。それを何だ。さっきからむすっと膨れて、ちびちび酒を舐めやがって。女どもとひと言も喋りもしない。おい、もっと楽しんだらどうだっ」

「そうだ、そうだ、うひゃひゃひゃひゃひゃは」

「五月蝿いぞっ、鉄っ」

「んだとっ、俺ぁ、年上だぞっ」

「だったら年上らしくしろっ」

　言い合う二人を見ながら、幾五郎がまた酒を吹きだす。それにつけても、やはり恐ろしいのは、鉄蔵が酒を呑んでないということだ。あの鬼瓦は、どう見ても酔っている。呑んでないのに酔っている。陽気などという生易しいものではない。あの狂態は、酒でしか絶対に成しえないものだ。

「あの鉄蔵さん」

瑣吉は思わず語りかけた。京伝に叱られて頬を膨らませていた鉄蔵のぎょろりとした目が、瑣吉を睨む。

「んだよ」

「本当に呑んでないんですか」

「俺ぁ、一滴も呑めねぇっ」

男としては、そうきっぱりと言い切ることではないとは思うが、鉄蔵は自信たっぷりに言い放った。瑣吉はなおも踏み込む。

「呑んでますよね」

「そりゃあ、なにか。俺が酔っぱらってるって言いてぇのか」

「どう見ても」

「仏像みてぇに黙ってたかと思えば、一丁前のこと言うじゃねぇか。なんだ、喧嘩売ってんのか。良しっ、買ってやろうじゃねぇか。表ん出ろ、表に」

せっかく着直した着物を、また脱ぎだして怒る。瑣吉に対しての怒りではない。鉄蔵の癖だ。酒の席で難癖をつけられると、とりあえず、こうして喧嘩を買おうとする。相手が売ってなくても、買うのだから始末に負えない。どう考えても酔漢の行いである。何度も言うが、鉄蔵は酔っていない。

「いょん、鉄蔵っ」

「妙な合いの手入れんじゃねぇっ、幾っ」

京伝は大忙しである。

なんだか疲れてきた。この場はいったい何なのだ。瑣吉はただ、自分が納得できる物が書きたいだけなのである。洒落で滑稽で気楽な物ではなく、重厚で男らしく、義に生き、忠に死んでいくような血湧き肉躍る物なのだ。なのに何だここは。滑稽以外の何物でもないではないか。

「良い加減にしてくださいよっ」

気付いたら立ち上がって叫んでいた。いきなりのことに、騒ぎまくっていた三人が、唖然として瑣吉を見上げている。引っ込みが付かなくなった。続きを喋らなければ収まらない雰囲気になっている。とにかく何か言わないといけないと思い、焦って口を開く。

「大体、私はこんな所には来たくなかったんですよ。こんな所になんか来なくたって、堅物だって、人が書いた物読んでりゃ、洒落だって滑稽だって書けますよっ。砕けろなんて大きなお世話なんですよ。私には私の書きたい物があるんだ。は、流行らなくても良いでしょ。私が書きたいんだから。なのにどうして、私ばっかり小言を貰わなけりゃならないんですっ」

訳が解らぬまま思いの丈をぶちまけていた。いつの間にか頬を熱い物が濡らしている。なんだか自分が情けなくて堪らなかった。

「あんまりいじめる物《もん》だから、ついに瑣吉さんが壊れて、訳解らねぇこと口走りはじめちまった。また死んじゃいますよ、この人」

「私は死んでませんよっ」

軽口を叩いた幾五郎を怒鳴った。袖を抜いて腰から上を露わにした鉄蔵が、鼻の穴を膨らまして、瑣吉から目を逸らす。

「俺ぁ、いじめたつもりはねぇぜ。いじめたってんなら、京伝大明神の方が」

黒目だけを京伝に向ける。

「俺は、もっと楽しめって言っただけだろうが。別にいじめてなんか……」

皆がそんなに取り繕わなければいけないほど、己は哀れな様をしているのか。自分がどんな顔をしているのか、鏡で確かめてみたかった。そんなことを考えていると、この場から消えてしまいたくなる。

「もう良いです」

皆に背を向け、障子戸に手をかけた。幾五郎が呼び止める。

「厠《かわや》に行って少し頭を冷やしてきます」

嘘だった。


「なんだい、皆で私を虚仮《こけ》にして」

ぶつぶつと独り言をいいながら、見返り柳を越えていた。足元しか見ていないから、どこを歩いているのか見当もつかない。大門を越えたことさえ解っていなかった。ただ足が赴くまま、歩いている。それでも自然と吉原から離れてゆく。心底から嫌っているのであろう。

まったく散々な日だ。家にいても面倒事を言いつけられるだけだから耕書堂に行ってみれば、蔦重の小言を聞き、京伝が現れたかと思えば、一緒に吉原に行けと命じられ、余計な物が三つも増えたかと思えば、あの馬鹿騒ぎである。挙句の果てには、楽しんでないからという理不尽な理由で叱られる始末だ。まったく筋違いの言いがかりである。行きたくないと言っていたのを無理やり連れて来たのは京伝ではないか。ならば、機嫌を取るのが筋だろう。鉄蔵たちに対する怒りを、こちらにぶつけられたら良い迷惑である。こんなことなら姑や妻の冷たい視線を受けながらでも、店の奥で書き物をしていた方が良かった。

いや、書けないのか……。

もううんざりだ。死にたくなる。いっそ、いま横を流れるこの川に身を投げてやろうか。この川は、何という名だ。自分が死ぬ川の名すら知らずに死ぬのは嫌だ。そうだ大川。すっかり頭に血が上って、そんな簡単なことまで思い出せずにいる。

「劉備《りゅうび》、関羽《かんう》、張飛《ちょうひ》、趙雲《ちょううん》……」

己を落ち着かせるため、三国志の英傑たちの名を順に思い出してゆく。不思議なもので、こうして英傑の名を順々に口にしてゆくと、次第に心が穏やかになってくる。

「関索《かんさく》、姜維《きょうい》……」

「諸葛亮《しょかつりょう》が抜けてんだろがっ」

怒鳴り声が聞こえたかと思ったら、凄まじい衝撃が背中を襲った。視界が一瞬暗くなった後、ぐるぐると天地が回る。己が前のめりに転んで、そのまま転がっているのだと気付く。幾度か地面に頭を擦って止まる。やっとこさ尻を落ち着けて座った瑣吉の前に、二人の男が立っていた。

鉄蔵と幾五郎だ。鬼の形相で睨みつける鉄蔵と、引き攣った笑いを口に滲ませる幾五郎。その顔を見るに、鉄蔵が背中を突き飛ばし、あまりにも派手に転がったものだから、幾五郎が怖気づいているという塩梅であろう。などと冷静に考えられるのは、最初の衝撃こそ強かったものの、さほど痛みを感じていなかったからだ。

瑣吉は二人に素直な想いを述べた。

「なにしてるんですか」

「寝惚けたこと言ってんじゃねぇっ」

鉄蔵が怒鳴る。

「だ、大丈夫ですかい」

幾五郎が差し伸べる手をつかみ、瑣吉は立ち上がった。躰じゅうに付いた土を払い落していると、鉄蔵の大声が襲ってくる。

「お前ぇが勝手に消えるから、あいつが逃げたのは、お前たちの所為《せい》だって、京伝大明神が怒鳴りだしやがった。放っとけって言ったのによぉ、探してこいだとよ」

「まさか本当に大門潜って帰っちまってるとは思いやせんでしたぜ」

「こいつはそういう奴なんだよっ」

幾五郎に答えてから、鉄蔵が瑣吉に問う。

「どうすんだ。戻んのか。それとも帰ぇんのか」

「え、帰っても良いんですか」

「そのまどろっこしい物言いが、腹が立つんだよっ。いつまでも、ぐじぐじぐじぐじしやがって。この前、俺たちが慰めてやったのは、ありゃ一体《いって》ぇなんだったんだっ」

「あの時はありがとうございました。元気が出ました。でも、なんか……。あの、すみません」

「あぁっ、面倒臭ぇっ。帰りたきゃ、帰れば良いじゃねぇか。ただ、そん時は俺も帰るけどな」

「戻らないんですか」

瑣吉の問いに、鉄蔵は首が落ちるかと思うほど勢い良くうなずいた。

「あいつの自慢話聞くのはもううんざりだ。あんな奴と酒呑みに来るんじゃなかったぜ」

快活に言い放った悪鬼に、幾五郎が目を丸くして言葉を吐く。

「えっ、女は。あの人の詰まらねぇ話をあと少し我慢すりゃ、あとは、ねぇ。ひひひ」

「だったら手前ぇは戻れよ」

「嫌ですよっ。鉄蔵さんが戻らねぇんだったら、あそこは地獄ですよ。粋を鼻にかけた煙草屋の親父と、幽霊みてぇな能役者に挟まれて、あっしはどうすりゃ良いんですか」

「しっぽりやるんだったら、耐えろよ」

「決めたっ」

幾五郎が己の太腿を叩く。

「あっしも帰りやす。いや、これから鉄蔵さんの家に行って、呑み直しやす」

「どうしてそうなるんだよっ」

「あの……」

瑣吉はおずおずと手を上げた。二人の視線が突き刺さる。

「だったら私も」

「んだと」

鉄蔵が顔をしかめる。

「なにも告げずにこんな夜遅くに家に戻ったら、なに言われるか」

「明日んなって帰っても一緒だろ」

「明日になれば、泊まって行けと言われたとかなんとか、言い訳が立ちます」

幾五郎が手を叩く。

「決まりでやすねっ。さぁ、鉄蔵さんの家で呑み直しと行きやすか」

「今晩帰りたくねぇってんなら、どうしてお前ぇは逃げたんだよっ」

鉄蔵は溜息を吐きながらも、二人が付いてくるのを止めはしなかった。


「なんか、前にもこんなことがあったな」

言った鉄蔵が、とっておきで残していたという羊羹にかぶりつく。誰にも渡さぬというように、頭から喰い付いている。

「ほら、この隣の部屋で……」

酒の入った茶碗を持つ幾五郎が、そこまで言って言葉を止めた。瑣吉の脳裏に宙ぶらりんになった女の顔が蘇る。目が飛び出しそうになった悍《おぞ》ましい顔……。

「うぅっ」

全身が激しく震えた。

「おいおい、大丈夫か」

「大方、ぶら下がってた仏のことを思い出したんでやしょう。そういう時は躰を暖めなきゃ」

にやついた顔で、幾五郎が酒壺を差し出して来る。手にした茶碗を掲げると、耕書堂の居候が、縁ぎりぎりまで注いだ。

「仲では、あんまり呑んでねぇでしょ。ささ、ぐいっと一杯」

言われるままに、茶碗に口をつけ一気に傾ける。生温《なまぬる》い物が喉を通り、腹に届いて、かっと燃えた。

「女と呑むのは嫌で、野郎と呑むのは平気なのかよ。気持ち悪ぃ奴だぜ。ったくよ」

羊羹を噛みながら、鉄蔵が言った。

「そういえば……」

幾五郎が二人に語りかける。

「京伝先生が言ってやしたがね。この隣のほら、あの女の人」

「長唄の師匠か」

鉄蔵の相槌にうなずいて、幾五郎は続けた。

「先生が贔屓にしている芸者にも教えてたらしいんですよ」

「その女、今日もいたのか」

幾五郎が首を横に振って、茶碗酒を呑んだ。酒壺を傾け、新たな酒で碗を満たしてから、なおも語る。

「その芸者が言うには、あの師匠は自分で死ぬような玉じゃねぇそうだ」

「いつ、そんな話を聞いたんだよ」

「あんたが騒いでる時だよ」

答えた幾五郎が、なおも話そうとする。良い加減止めてもらいたかった。膨れて土気色になった顔が頭の中をぐるぐる回っている。吐き気がしてくるから、酒も喉を通らない。

「あの長唄の師匠。元は品川宿の女だったらしいんですよ」

「飯盛かい」

「年季が明けて、ここの長屋で長唄教えてたらしいんでやすがね、暮らしには困ってなかったみてぇです。芸者の話じゃ、誰かに囲われてたらしいんでやすよ」

関心がなさそうに、鉄蔵が欠伸《あくび》をした。それでも幾五郎はしつこく語る。

「品川じゃあ結構、売れてたらしい」

「まぁ、顔は悪くはなかったな。躰も」

鉄蔵はそう言うが、瑣吉には膨れて舌を出した顔しか思い浮かばない。

「ずいぶん芯が強ぇ女だったようで、京伝先生の贔屓の芸者、酒の席だってのを忘れて、師匠は自分でなんか絶対に死なないって、泣きながら言い募ったようですよ」

「ふぅん」

「気にならねぇんですかい」

「なにが」

鉄蔵がまた欠伸をした。

「自分で死なねぇって人が、首括ってたんでやすよ」

「そんなこともあるだろ。人様がどう思ってたとしても、自分のこたぁ、自分にしか解らねぇ。

生憎《あいにく》、自分のことも良く解ってねぇ奴が、ここに一人いるけどな」

責めるような鉄蔵の目が、瑣吉に向く。

「で、でも」

なおも語ろうとする幾五郎を、鉄蔵の言葉が止める。

「魔が差すこともあんだろ。どんだけ考えても、死んだ奴はもう戻って来ねぇんだ。この話は終わりだ、終わり」

「まぁ、そりゃそうですがね」

幾五郎は膨れたまま押し黙った。早く別の話に移りたい瑣吉は、みずから声をあげた。

「あっ、あの鉄蔵さん」

「なんだ」

羊羹を咥え、鉄蔵が瑣吉を睨む。

「鉄蔵さんはやりたくない仕事をする時は、どうするんですか」

「俺ぁ、やりてぇことしかしねぇ」

「じゃあ断わるんですか」

「断わって生きていけるほど、良い暮らししてるように見えるか」

土間に四畳半。部屋のなかには、必要な道具しかない。とても楽な暮らしとは思えなかった。

「俺ぁ、描きたくねぇ物は描かねぇよ」

「鉄蔵さんが描きたくない物ってなんですか」

「ねぇっ」

男らしく言い切った鉄蔵の言葉に、幾五郎が、けけけという嫌らしい声をかぶせた。

「な、ないんですか……」

「この世にある物はなんでも絵んなる。絵んなる物なら、俺ぁ描く。それだけだ」

「馬鹿なんですよ、この人ぁ。瑣吉さんみてぇに細やかに出来てないんですよ」

「んだと、この野郎っ」

怒鳴りはするが、鉄蔵はそれ以上、幾五郎を責めようとしない。

「誰んだってねぇ、性に合う合わないってのはありやすよ」

手の中にある茶碗を見下ろしながら、幾五郎がつぶやいた。瑣吉は黙って首を傾げ、言葉をうながす。

「あっしは、瑣吉さんが書きてぇような、堅苦しい物は、ちぃとばかし性には合わねぇ。でもねぇ、だからこそ瑣吉さんの気持ちは、この人よりか解るつもりでやす」

口いっぱいに羊羹を頬張っている鉄蔵が、幾五郎になにか言おうとしたが、羊羹が邪魔をして言葉にならない。子供のような絵師を無視して、幾五郎は瑣吉に語りかける。

「惚れた好いただ、一緒に死のうだ。そういうのが性に合わずに、あっしは浄瑠璃の師を騙して、江戸に来たんでさ。そういう意味じゃあ、この人の言う描きたくねぇ物は描かねぇってのも解るんでさ」

「どっちにも良い顔してんな、お前ぇ」

羊羹を腹に収めた鉄蔵の茶々を、幾五郎は聞き流す。

「瑣吉さんも書きてぇ物を書きゃ良いんじゃねぇですかい。悩んでたって筆は進みゃしねぇし」

「幾五郎さんの仰る通りなんですが」

「もっと気楽に考えてみたらどうでやすか」

「気楽……」

瑣吉の茶碗に、幾五郎が酒を注ぐ。

「やりたくねぇと思ってる物でも、書けばそれなりに形んなる。それもまた、本当に書きてぇ物を形にするための修業だって思って、とりあえず書くんでやすよ」

「選り好みできるような玉かお前ぇが」

言葉は汚いが、どうやら鉄蔵も励ましているようである。

「一字でも多く、一作でも多く書いてりゃそのうち、なにか見えて来るんじゃねぇかと、あっしは思ってるんでやすがね」

「こいつにゃ何を言っても無駄だ。今日は気が楽んなっても、明日になりゃ、また悩みだす」

「良いんじゃねぇですかい。死なずに書くことが大事なんでやす。だから死にたくなったらまた、こうして鉄蔵さんの家で……」

「俺ん家を溜まり場にすんじゃねぇっ」

鉄蔵が叫ぶと、とつぜん犬が吠えた。けたたましい鳴き声である。どうやら部屋のすぐ外で鳴いているようだ。鉄蔵が舌打ちをして、土間に駆け降りた。

「五月蠅ぇっ」

障子戸を開いて犬を蹴り上げる。悲鳴をひとつ上げて、犬が逃げ去ってゆく。

「この頃、野良が五月蠅ぇんだ」

元居た場所に座ると、鉄蔵は脇から大豆の袋を出してきて、思い切りつかんでぼりぼりと食べだした。

「この前食った犬。ありゃ、あいつの親だったのかもしれねぇな」

鉄蔵の言葉に二人が顔をしかめる。

「冗談だよ、冗談」

苦笑いをする鉄蔵が、豆を口一杯に頬張った。それを水で一気に流し込むと、眉間に皺を寄せて障子戸の方を見た。

「今度来たら、あの野郎。口に大豆詰め込んで二度と吠えらんねぇようにしてやる」

「なんですかいそりゃ」

幾五郎が大声をあげて笑う。つられて瑣吉も笑った。

「もう良い加減寝るぞ」

「ここに雑魚寝ですかい」

「お前ぇらがそれで良いって言ったんじゃねぇか」

その日、瑣吉は夢を見た。

白くて大きな犬が口から大豆をぼろぼろと吐きながら近づいてくるという、なんとも奇妙な夢であった。

「犬の口から大豆」

朝方、二人の鼾を聞きながら、つぶやいた。

「犬から玉……。犬から玉か」

煤けた天井を見つめながら、家に戻ったら書き記しておこうと瑣吉は思った。

後日、三人が蔦重にこっぴどく叱られたのは、言うまでもない。京伝とともに部屋に留まった十郎兵衛だけは、なぜか何の御咎めもなかった。

其ノ参　京伝が奮う

どうして目の前の男は、これほど不満を露わにしているのか。

これ見よがしに口を尖らせ、そっぽをむく幾五郎を心の籠らぬ目で眺めながら、山東京伝は煙草を燻らせた。

「まぁ、こいつの言い分もわからねぇこたないんだがね」

幾五郎の隣に座る蔦重が、苦笑しながら言った。京伝は鼻から紫煙を吐きつつ、灰吹きの縁で雁首を叩く。黒い滓が勢いよく飛びだし、竹筒のなかに消えた。

「この幾五郎が、そこまで愚かだとは私には見えねぇんだがね。放っておきゃ、じきに仲よくなりましょうよ」

「そう思ったんだが、どうにもいかねぇんだ京伝先生」

蔦重が重い溜息をひとつ吐いた。

「べつにあっしは、仲違いしようなんざ、ひとつも思っちゃねぇんですよ」

あらぬ方を見ながら、幾五郎が口を開いた。ぎらついた目がとらえているのは、床の間に飾られた軸である。京伝が戯れに描いた山水だ。いくつか描いたなかで、一番気に入っている物を飾っている。

「なかなかの物ですな」

「俺が描いたんだ」

「北尾《きたお》政演《まさのぶ》の筆なら、そりゃ間違いねぇや」

「馬鹿野郎。誰に言ってんだ。そういう上から物を言う所が、駄目なんだよお前《め》ぇは」

蔦重に叱られた幾五郎が肩をすくめ、また口を尖らせた。

北尾政演。絵を描く時の京伝の名である。もともと北尾派の北尾重政《しげまさ》を師と仰ぎ、絵を学んだ絵師であった。錦絵や黄表紙の挿絵などを描いていたところ、話のほうも書くようになり、戯作者として山東京伝と名乗った。いまでも北尾政演の名のほうが、京伝にとってはしっくりくる。

煙管を仕舞いながら、幾五郎に問う。

「なかなかの物かい」

「えぇ。川に浮かぶ舟の舳先あたりの筆遣いが、なんともいえねぇ案配でさ。こういう細けぇ所で手を抜くと、とたんに締まりが無くなっちまう」

「言うじゃねぇか」

京伝は思わず身を乗りだしていた。幾五郎が照れたように笑って、細い指先で鼻の頭をかく。その仕草が滑稽で、なんとも愛嬌がある。蔦重の言う通り無遠慮な口を利くが、嘘を言っているわけではない。

「お前ぇも絵を描くのかい」

「手慰《てなぐさ》み程度でやす。天下の北尾政演を前にして胸張って描くなんて言えるような代物じゃありやせんよ」

この男は謙遜ではなく、本心から言っている。おそらく自分で納得がゆく絵が描けるなら、京伝の前でも堂々と描くと言うだろう。

すでにこの男のことを気に入りはじめている自分がいた。

京伝は袖に手を入れて腕を組む。それから渋面を顔に張りつけた蔦重を見た。

「で、幾五郎はなにをしでかしたってんですか」

「店の者と大喧嘩しちまって、相手に怪我させちまった」

「そのくらいで、店を追いだすことはないでしょう」

蔦重が鼻息を荒くして首を振る。

「怪我ってったって、口切った、目腫らしたなんてもんじゃねぇんでさ。相手の手代は、いまも布団の上で、うんうん唸ってるんで。とにかくまぁ、うずくまった相手を殴る蹴る。大の大人が五人がかりで止めて引き剝がそうとしてるってのに、それでも怒鳴りながら蹴り続ける始末でして」

蔦重の言葉を聞いて幾五郎が鼻で笑う。その目は、開け放たれた障子戸のむこうに見える、猫の額ほどの庭に定められていた。

「なに笑ってんだこの野郎っ」

堪忍袋の緒が切れたのか、蔦重が幾五郎の青々とした頭を思いっきり殴った。小生意気な耕書堂の居候は、痛っ、と言って恨めしそうに蔦重をにらむ。

「お前ぇ、往来に放りだしてもいいんだぞ」

「それだきゃ勘弁してくださいよ。さっきからあっしばっかり怒られてやすが、あの野郎だって悪いんですぜ」

「まだそんなことを」

「まぁ、落ち着きなさいな蔦重の旦那」

腰を浮かせて殴りかかろうとしている蔦重を、京伝は腕を組んだまま止めた。握った拳を虚空に彷徨わせながら、蔦重が床の間の前に座る京伝を見る。苦笑いを浮かべ、京伝は小さくうなずく。大きなため息をひとつ吐き、耕書堂の主は観念したように腰を落ち着けた。それを確認してから、京伝は幾五郎を見る。

「で、その相手ってな、なんでそんなに殴られなきゃなんなかったんだ」

「聞いてくださいよ先生」

いままでの態度が嘘のように、幾五郎が顔をぱっと明るくして、身を乗りだした。京伝の顔をじっと見つめながら、よく動く口で語りだす。

「あっしが真面目に礬水《どうさ》を塗ってたらね。奴さん、居候が奉公人みてぇな真似してんじゃねぇと悪態吐いてきやしてね」

礬水は、版木で摺る時に紙に墨が滲まないように、あらかじめ塗っておく膠《にかわ》と明礬《みょうばん》を混ぜた液体である。

「勿論あっしは聞き流して仕事を続けてたんですがね。奴さん、わざわざ俺の後ろに座って、無駄口叩きはじめやがった。やれ、これまで旦那のところにゃ何人も戯作者んなりてぇって奴が来たが、一人も物になった例《ため》しがねぇとか、やれお前ぇみてぇな調子のいい奴は、すぐに音を上げて夜のうちに消えちまうとか、どうしようもねぇ悪態ばかり吐きやがって、あんまり五月蠅ぇもんだから、こんなことしてる暇があるんなら、店に戻って仕事しなって言っちまったんでさ。そしたら、なんだ俺に喧嘩売ってんのかって、あっちのほうから胸倉つかんできたもんだから、こっちも売られた喧嘩は買わなきゃならねぇってもんで、相手になってやったってわけなんですよ。あの野郎、あっしが小せぇもんだから、甘く見てやがったんでやしょうね。正面から殴りかかってきやがったから、ひょいと避けて思いっきり金玉蹴りあげてやったんでさ。そしたら奴さん、もんどり打って倒れちまって、床を転がって、うんうん唸るもんでやすから、そうなったらもうこっちの物だ。思いっきりやってやったんでさ。たしかにやり過ぎたかも知んねぇが、あっちも悪いでしょ。どう思いやす京伝先生」

息を継ぐことなく一気に語り終えた幾五郎が、膝で畳をすべって眼前に迫る。幾五郎が詰めてきた分だけ躰を仰け反らせ、京伝は咳払いをひとつして、ふたたび煙管を取りだした。幾五郎を見つめ、煙草を雁首に詰め、煙草盆の炭に付け木を当てる。火の点いた付け木を雁首に近付けちいさく吹き吸いして、煙草がしっかり燃えてから、ゆっくりと吸う。

煙草を味わってから、ようやく京伝は居候に答える。

「まぁ、たしかに相手にも落ち度はあるわなぁ」

「でしょっ」

幾五郎が目を輝かせる。それを見てふたたび溜息を吐いた蔦重が、京伝に懇願した。

「しばらく店から出して、ほとぼり冷ましてから、戻してやるってこいつには話したんですよ。そしたら、ここで働きてぇと言うもんだから、こうやって連れてきたってわけなんですが……」

「どうしてうちで働きたいんだ」

「そりゃ、京伝先生の家に寝泊まりして、間近で話ができるからに決まってるでしょうよ」

さっきまでの仏頂面はどこへやら、幾五郎は無邪気な笑顔で答えた。なぜか京伝は、この男を憎めない。

「あっしゃ、上方で京伝先生の『客人女郎』を読んで、戯作者になろうと思って、江戸に戻ってきたんでさ」

『客人女郎』は、大和絵師の白後が、浮世絵を見て江戸に下ってくるという筋書きの黄表紙だ。たしかに幾五郎と素性が似ている。

「憧れの京伝先生の店で働けるんなら、あっしゃなんだってしやすぜ」

「どうだい先生。しばらくの間、こいつを置いてやっちゃくれねぇか」

蔦重には義理もある。それに、この男に興味を抱き始めてもいた。

「荒事だけは困るぞ」

「そんなこたぁ、あっしゃ生まれてこのかた一度だってしたことありやせんぜ」

「昨日、やったばっかじゃねぇかっ」

蔦重の罵倒をにやけ面で聞く幾五郎を見ながら、京伝はすっかり燃え尽きてしまった灰を灰吹きに落とした。


月日の経つのは早いものである。

幾五郎が店に来て、十日あまりがあっという間に過ぎていた。

これがなかなかに使える。

並の奉公人がひと月かけて、やっとこさ覚え、それでも五度に一度は間違えるような店のなかの商品を、すでに幾五郎はすべて覚えてしまった。最初は掃除から始めて、だんだんと店のことを覚えてゆくのだが、箒を持つ暇もなく、あれこれと店の者に聞き、三日もしないうちに、客の相手をし始めてしまう。そしてこれが驚くほど堂に入っている。いくつか言葉を交わし客の喜ぶ壺を見極めると、さりげなくそこを突く。客のほうも幾五郎との会話が心地よいものだから、四半刻もせぬうちに心を許し、談笑しはじめる。そうなれば後は、こちらのもの。客は幾五郎が勧める品を、気持ちよさそうに買ってゆく。その手並は、惚れ惚れするものだった。

間違いない。

幾五郎には商人としての天賦の才がある。蔦重も店の奥で礬水など引かせずに、店に出せばいいのだ。

才を問われる世界で生きている京伝は、天分に恵まれるということがどれほど稀有なことか身をもって知っている。必死に努力をしても、才がなければ面白い物は書けない。努力とは才があってはじめて成り立つ。才がない者がいくら踏ん張ったところで、土台が無い場所に家を建てるようなものだ。建てたところで、すぐに倒れる。

できる者はどうやってもできるし、できぬ者はどんなに頑張ってもできぬのだ。

才は非情である。

果たして幾五郎に、戯作者としての才はあるのか。書いた物を読んだことがないから、京伝には解らない。が、間違いなく商人としての才はある。わずか十日あまりで太鼓判を押したくなるほどの、光輝く才だ。

戯作者と商人……。

幾五郎に輝かしい行く末をもたらす才は、どちらなのか。

京伝はおもむろに立ちあがり、階段を降りた。常日頃、店は父と重蔵《しげぞう》という奉公人に任せきりで、二階の自室に籠っている。そのため、用事がなければ滅多に店に顔を出さない。

店と住まいを仕切る戸を開き、九尺間口の京屋伝蔵《きょうやでんぞう》店に顔を出す。

「また寄らせてもらうよ」

「へい、ありがとうございます」

機嫌よく暖簾を潜る四十がらみの男に、幾五郎が深々と頭を下げている。帳場に座っている京伝の父、伝左衛門《でんざえもん》が、息子に気づいて声をかけてきた。

「出かけるのか」

「いや」

答えた時には幾五郎のほうへと歩みだしている。

「おい幾」

「へい」

ずらりと並べられている煙草入れや煙管に囲まれ、幾五郎が土間に立ち、京伝を見あげる。

「ちょっと上にこい」

「え」

京伝の背後に座る父の方を、ちらりと見て幾五郎が首を傾げる。

「いやぁ、これから日本橋の池田屋《いけだや》さんのところに使いに行かねぇとなんねぇんでさ」

「若旦那が使ってる銀煙管の調子が悪《わり》ぃんだとよ。そいで、新しいのを三つ四つ適当に見繕って来てくれって言ってきてんだ」

父の言葉に答えずに、幾五郎へと言葉を投げる。

「いいから二階にこい」

「でも」

「おい、醒《さむる》」

父が京伝の名を呼んだ。岩瀬《いわせ》醒。それが京伝の本当の名前である。

「重蔵に行かせりゃいいだろ」

「そうも行かねぇんだ。あそこの若旦那、幾五郎のことが大層お気に入りでよぉ」

「三日前ぇに使いに行った時に、あっしが上方にいたことがあるって話をしたんでさ。そしたら旦那が喰いついてきやしてね。一度でいいから上方に行ってみてぇっておっしゃいまして、しつこくどんな所だと聞いてくるんでさ。気づいた時にゃ、二刻ばかり経ってやして。親父様には迷惑をおかけしやした」

「そのお蔭で、煙管を新調してぇという話になったんだ。迷惑なもんか」

人懐こい笑顔で、幾五郎が父にむかって頭を下げた。こうしていると、耕書堂の手代を寝込ませるほどに痛めつけたとは思えない。よほど相手が悪辣な言葉を言ったのだろうと、つい幾五郎の肩を持ちたくなってしまう。この男には人を惹きつけるところがある。ますます商人向きだ。

「そんだけ気に入られてんなら、少しくらい遅くなっても構やしないだろ。いいからこい」

手を引っ張らんとする勢いで、幾五郎を二階に呼んだ。

「お前に話がある」

幼い頃から物を書く時に使っている文机に肘をかけて京伝は言った。畳の上にちょこんと座って、幾五郎が何事かと顔を引き締め、言葉を待っている。

「戯作者になりたいというのは、いまでも変わらないのか」

「どういう意味ですかい」

「どうしても戯作者になりたいのか」

「はい」

お前は腹が減るのかと問われたかのごとく、呆気にとられた様子で幾五郎がからりと答えた。

「止めとけ」

年を経て丸くなった机の角を撫でながら、京伝は言った。九歳の時に深川伊勢崎町の御家人、行方角太夫《なめかたかくだゆう》の元で手習いを始めた際、父が買ってくれた机である。この机で、京伝は読み書きを覚え、絵を描き、幾多の戯作を世に送り出した。

「嫌です」

笑みを浮かべて答える。京伝の言葉に、幾五郎はまったく動じていない。京伝は溜息を吐いて、机の上の煙管を手に取った。煙草を雁首に詰め、火鉢を引き寄せ、火を灯す。煙を一度吐いてから、ふたたび幾五郎に語る。

「戯作者なんてものは、生業じゃない。しっかりとした正業があって片手間にやるもんだ。俺だって家主をしている親父がいたから、こうやって戯作を書いていられるんだ。この店を出す金だって、書画会をやって稼いだ物だ。戯作なんて一文の足しにもなっていない。いいか、戯作だけでは食ってゆけないんだ」

「でも先生は、潤筆料を貰ってるじゃねぇですかい」

戯作を書いた謝礼といえば、版元から年始に新版の草双紙や錦絵が送られてくる程度のものだ。よほど売れゆきがいい時には、吉原で接待を受けることもある。が、基本としては、どれだけ本が売れても戯作者が潤うことはない。

京伝の本は、売れすぎた。

あまりの売れゆきのため、依頼が殺到する京伝を抱え込みたい蔦重と鶴屋喜右衛門《つるやきえもん》が、潤筆料という報酬によって他の版元で書かないことを約束させたのである。京伝は、戯作を書いて金を得る唯一の戯作者なのだ。

「俺は特別だ。俺以外の奴は、誰も金なんかもらっていない」

「いやいやいや」

幾五郎が手をひらひらさせて、首を左右に振る。

「京伝先生が道を開いてくれたってことでさ。いままでの戯作者は正業がなけりゃ食ってけなかったが、これからは違う。売れれば版元からしっかりと銭を貰える」

「お前は、根本が解ってないな」

幾五郎はまったく動揺するようすもなく、あっけらかんとした笑顔を浮かべて京伝を見つめていた。

「俺みたいに売れるのは、誰でもできることじゃないんだぞ」

「そんなこたぁ百も承知でやすよ。それでも先生のようにやりゃ、金が貰える。京伝先生が前例を作ったんだ。そこんところだけは、もう後戻りはできねぇ」

いい加減、腹が立ってきた。遠回しな物言いは止める。

「お前には商人の才がある。戯作者なんざきれいさっぱり諦めて、商人になれ」

煙草を吸うのを忘れていた。吸い口に唇を触れて、煙を吸いこもうとするが、すでに燃え尽き灰になった煙草は、京伝に応えてくれない。苛立ち紛れに、雁首を思いっきり火鉢に叩きつけた。と、乾いた音とともに柄が折れて、金細工のお気に入りの雁首が灰のなかに没した。

「あぁあ」

幾五郎が調子外れの声を吐く。

「うるせぇっ」

灰に指を突っ込んで雁首をつまみあげながら怒鳴る。

「お前が商人になるというなら、面倒見てやらないこともない。三年この店で辛抱して働け。そうすりゃ俺が、金を出してやる。俺もできることはなんでもしてやろう。な、そのほうが、お前の身のためだ」

「ぬはははは」

鼻の穴をおっぴろげて幾五郎が笑う。

「なにが可笑しいっ。俺は真剣にお前のこと考えてだなぁ」

「余計なお世話でさ」

「なに」

京伝の眉が吊りあがる。幾五郎は飄々とした態度を崩さず、折り曲げた膝の上に掌を乗せて語り始めた。

「俺ぁ、誰がなんと言おうと戯作者になるんでさ。こいつぁ、銭金の問題じゃねぇんだ。俺がなりてぇからなるってだけでさ。商人の才だかなんだか知らねぇですが、そんな物ぁ、俺にゃあ無用の物だ。欲しいって奴がいりゃ、喜んでくれてやりやすぜ」

「おい、お前なぁ。才ってもんは……」

幾五郎を諭そうと身を乗りだした時、下から京伝を呼ぶ父の声がした。

「お前ぇと幾五郎に客だっ」

己だけでなく幾五郎も……。

誰だ。

「通してくれっ」

怒鳴るようにして下に言うと、すぐに階段を昇る足音が聞こえてきた。一人ではない。二人か。

「ども」

勢いよく唐紙を開いた男が言った。

「よぉ、鉄蔵さんじゃねぇか」

幾五郎が廊下に立っている忌々しい男の名を呼んだ。その時にはすでに鉄蔵は、敷居をまたいで幾五郎の隣に座っていた。先刻まで鉄蔵がいた場所に、瑣吉が立っている。

「なんだ、お前もいたのか」

京伝が手招きすると、瑣吉は相変わらず暗い顔をして、ゆっくりと唐紙を閉めたかと思うと、鉄蔵の隣に座った。

「いやぁ、耕書堂に行ったらよ、幾五郎が弁吉《べんきち》の野郎をぼこぼこにして店追いだされたって言うじゃねぇか。ここにいるって聞いたんで、どんな顔して働いてんのか見にきたってわけだ」

なぁ、と言って、鉄蔵が瑣吉の背中を叩いた。咳をふたつみっつして、陰気な顔が上下する。

「ん、なんか裏があるみてぇだなぁ」

幾五郎が眉根を寄せて鉄蔵を見ながら言った。

「お前ぇは、人の心が見えんのか」

「そうなんすよ。あっしには人がなに考えてるのか、ひと目見ただけで解るんでさ」

けけけけ、と芝居がかった笑い声を吐いて、幾五郎が舌を出す。

幾五郎を諭すどころではなくなったではないか。重い息が口から漏れた。先刻から京伝は、溜息ばかり吐いている。

「で、本当はなにをしにきたんでやすかい」

「京伝先生に聞きてぇことがあったのよ」

京伝の口からまた溜息が漏れた。鉄蔵が己に用があるなど、不吉な予感しかしない。

「なんだ」

京伝が言うと、鉄蔵は腕を組んで目を閉じ神妙な顔つきになった。

「いやぁ、俺の部屋の隣の長唄の師匠のことよ。もう隣にゃ新しい店子も入って、長屋の連中もなんにもなかったように暮らしてんだが、それがなんだか虚しく思えちまってよ。俺くれぇは、あの女のことを忘れねぇでいてやろうかと思ったわけよ。そう思ったらよ、あんたが前に言ってたあの女の弟子の話を思いだしたんだ。あの人が自分で死ぬわけがねぇと、血相変えてあんたに話したって女のことをね」

そういえばそんな話をしたような気もするが、それがいつのことだったのかも思いだせない。

「でね、その女に会ってみようかなと」

なんのことだ……。

京伝はさっぱり思いだせない。

「ほら先生。長唄の師匠は品川の飯盛あがりで、その人が教えてた芸者ってのが、先生が贔屓にしている」

「あっ」

幾五郎の言葉で思いだした。

「君若《きみわか》だ」

京伝は芸者の名を口にする。すると鉄蔵が、しめたとばかりに手を打った。

「どこに行きゃ会える」

「扇屋《おうぎや》だ」

吉原の大見世である。この見世の番頭新造だった菊園《きくぞの》を身受けし、京伝は所帯を持った。しかし去年、菊園は病で逝った。二人が夫婦であったのは三年足らずであった。

洒落本が禁を犯したとして、京伝は三年前に手鎖五十日の処分を受けている。両手を繋ぐ手鎖を、五十日間つねにつけていなければならないという罰だ。それ以来、吉原への足は遠のいていた。しかし扇屋には、それでも年に数回は顔を見せていた。今は、亡妻との思い出が詰まった扇屋で、過ぎ去った昔を想う。そういう時が、京伝にはまだ必要だった。

「行けば会えるか」

鉄蔵が真剣な眼差しで問う。

「呼ばなけりゃこないし、お前ぇみたいな貧乏人がそう簡単に行ける場所じゃない。まぁ君若だけなら、他の見世でも呼べるが、それでもお前じゃ無理だろうな」

「だったら連れていってくれ」

「なっ」

言葉を失った京伝の目が、畳の目を読む瑣吉に移る。

「お前、下駄屋はどうした」

声をかけられた瑣吉が、一度びくんと肩を震わせてから、おどおどと語りはじめた。

「い、いや、今日は暇だったもので、久しぶりに蔦屋さんのところに顔をだしたのですが、そしたら鉄蔵さんに捕まってしまって」

「人聞きの悪ぃこと言うんじゃねぇよ」

「だって本当でしょ」

「お前ぇ、京伝先生は自分を捨てたのに、幾五郎の面倒は見るのかって、ぼやいてたじゃねぇか。だったら直接会って問いただしてみろってことんなって、連れてきたんじゃねぇかよ」

「わ、わ、私はそんなこと、ひと言も……」

「言ったじゃねぇか」

鉄蔵の言葉に、瑣吉が顔を真っ赤にする。

何度目かすら解らぬ溜息を、京伝は吐いた。

「こいつは蔦屋の頼まれ物だ。こっちから請うたわけじゃない」

「そんな言い草はねぇでしょう」

幾五郎が詰め寄る。話が絡まってなにがなんだかわからない。いい加減、この状況をなんとかしたかった。

「おい京伝先生よぉ、連れてってくれよぉ」

「あっしは京伝先生の所がいいって頼んで、ここにいるんでやすよっ」

「鉄蔵さんが言ったことは嘘です。信じてください私は決して悋気など」

三人が好き勝手に喚いている。目がまわりそうだ。

「あぁ、もうっ」

机を叩いて立ちあがった。

「おい、幾五郎っ。お前はさっさと遣いに行ってこい。それまで鉄蔵と瑣吉は外で暇ぁ潰してろ。

夜んなったら扇屋に連れてってやるっ」

この場から逃げだしたい一心で、京伝は叫んだ。にやけ面の鉄蔵と幾五郎を見て、後悔はすぐに襲ってきた。


これほど辛気臭い座敷は、今宵の吉原のなかでここ以外ないだろう。仏頂面の男がふたり。流されるように付いてきた男がひとり。そして京伝。四人の男たちを前に、いったいなにが始まるのかと恐れている女が、肩身が狭そうに縮こまっている。

扇屋だ。

馴染みの京伝が久方ぶりに見世を訪れるというのに、見世の者は誰一人として笑っていなかった。それもそのはず。茶屋に、今宵は女はいらぬと告げていた。用があるのは、芸者の君若ただひとり。他の座敷がはねたら、すぐに扇屋にくるようにと言伝をして、そそくさと茶屋をでた。その頃から、鉄蔵と幾五郎は当てが外れてふてくされている。

君若に会わせろと言ったから、会わせるだけだ。なにが悲しくてこんな道楽者たちに女を用意してやらなければならないのか。そんな真似は死んでも御免だ。

そういう経緯で、金屛風の前に座る君若の前に、四人の男が並んでいる。

「あ、あの」

君若が丸い唇を震わせる。決して器量がよいとは言えないが、福々とした愛嬌のある顔をしていた。明るい気性で、なにを言われてもけらけらと笑っている。三味も唄も中の中といったところだが、とにかくこの女がいることを誰も厭わない。

品川で宿場女郎をしていた頃のことは知らないが、客はかなり付いていたはずである。男というものは、こういう女に慰められたい時もあるのだ。

いつも笑っている君若が、今日は珍しく顔を曇らせている。不安を満面に滲ませて、さっきから目を忙しなく動かし、四人の顔をうかがっていた。手持無沙汰を紛らわすためか三味を構えているが、誰も弾いてくれと頼まない。

京伝は笑顔を浮かべて、優しく語りかけた。

「心配するな。今日はお前に会いたいという奴を連れてきたんだ」

「私に」

泣き笑いのような顔になって君若が問う。京伝はうなずいて鉄蔵へと目をむけた。

「ほら、お前が会いたいと言ったから来てもらったんだ。さっさと用を済ませて帰るぞ」

「けっ、解ったよ」

鉄蔵が不満を呼気に満たし、吐き捨てるようにして言ってから君若を見た。

「あんたの長唄の御師匠さんのことなんだがね」

「道芳《みちよし》の姉さん……」

「そうかい、あの人ぁ、道芳って言ったのかい」

「年季が明けて長唄を教えはじめてから、姉さんはそう名乗ってらっしゃいました」

悲しみを噛み殺すように君若がうつむく。右手に握る撥《ばち》をじっと見つめ、人のいい芸者はゆっくりと語りはじめた。

「武州に売られてきた私が品川で働き始めて、まだ右も左も解らなかった頃のことです。姉さんは私のことを気にかけてくれて、色々なことを教えてくれました。私が年季が明けるまで品川で働けたのは、姉さんがいてくれたからです」

乱れる声で訥々と語る君若の言葉を聞いた鉄蔵が、この男には珍しく落ち着いた口調で語りかけた。

「俺ぁ、その道芳の姉さんが住んでた長屋の隣にいた者なんだがな。いたっつっても、いまもそこに住んでんだがな」

「あぁ」

君若が顔をあげた。ぼってりとした瞼の下の丸い瞳が、鉄蔵の顔にむく。

「それでよぉ、この先生から、あんたが道芳の姉さんは自分で死ぬような人じゃねぇって言ってたって聞いたから、一度話を聞いてみてぇと思ったんだ。べつになにか疚しいことをやろうってわけじゃねぇ」

「そうなんですか」

灯火に照らされる白い頬が、わずかに上がった。少しだけ君若の顔が、明るくなったような気がする。

酒を呑まない鉄蔵が、己の前に置かれた湯呑に手を伸ばし、茶をすすった。一度喉を潤してから、改めて君若に言葉を投げる。

「俺ぁ、ただの長屋の隣人ってだけで、あんたのような縁はねぇ。でも、なんか気になっちまってよぉ」

「姉さんは、私のように器量が悪くて身請けの話がなかったわけじゃないんです。うちに来ないかという話がいくつもあったのに全部断わって、年季が明けて、女郎の時から習っていた師匠のところで本腰を入れて長唄を学びはじめたんです。どうして身請けされないのかと私が聞いたら、男はもう懲り懲りだって言って笑ってました」

君若は、泣くのを堪えるために無理をして笑っているようだった。

話しているのは鉄蔵と君若だけ。瑣吉はまったく関心がないのか、虚ろな顔をして虚空を見つめて動かない。幾五郎はというと、鉄蔵よりも君若のほうへと身を乗りだして、爛々と目を輝かせて聞いている。

「おい」

京伝は隣に座る幾五郎の腕を肘で小突いた。

「はい」

せっかくの楽しみを邪魔されて怒ったように、幾五郎が京伝をにらむ。

「なに楽しそうにしてんだ」

君若に聞こえぬよう、小声で問う。

「べつに楽しそうになんかしてやせんぜ」

こちらも小声である。

「してるだろ」

「してやせんよ」

「うるせぇ」

君若を見たまま鉄蔵が二人をたしなめる。京伝は幾五郎をにらんだまま口をつぐんだ。

「年季が明けて行く当てのない私を、姉さんは助けてくれたんです。芸者の修業をしてはどうかと、面倒を見てくれる人まで探してくれて、長唄は私が教えてあげるからと……」

堪えていた物が一気に溢れだしたのか、君若が口に手をやりうつむき、声をあげて泣き始めた。

鉄蔵は溜息をひとつ吐いて黙る。この男が、人の心を推し量ることができるのを、京伝はこの時はじめて知った。

沈黙のなか、君若の嗚咽だけが響く。

「あのね、君若さん」

唐突に幾五郎が声を吐く。高揚し、少し上擦った口調であった。そのあまりにも場の気を読まぬ声に、他の三人が驚くように幾五郎を見る。そんなことはお構いなしに、耕書堂の居候は膝を滑らせ君若との間合いを詰めて、軽すぎる口を開いた。

「あんた、道芳さんが自分で死ぬような御人じゃねぇと、なんの縁も所縁《ゆかり》もねぇ京伝先生に言い募ったそうじゃねぇか」

なんの縁も所縁もないわけではない。馴染みの君若から、親身に面倒を見てくれている姉のような存在がいることは、かねてから聞いていた。だからこそ君若も、京伝に道芳が死んだことを語ったのである。しかし、いまここで正すようなことではない。黙っていると、幾五郎が無遠慮な言葉を、容赦なく君若に浴びせかける。

「どうしてそんなに道芳さんの死が気になるってんだい。そりゃ、あんたにとっては大恩人かもしれねぇが、宴の席でするような話じゃねぇよな。そんな辛気臭ぇ話を、どうして京伝先生に聞かせたんだい。どうしてそこまで、道芳さんが死んだことにこだわってんだい。どうしていまも泣いてるんだい」

「そ、それは」

激しくまくしたてられて、君若が泣き顔のまま戸惑っている。これでは鉄蔵が会いたがったのか、幾五郎が話を聞きたがったのか解らない。

「あんたなにか知ってんだろ」

「え」

「道芳さんが自分で死んだんじゃねぇと思っちまうようなことをさ」

「おい、幾五郎っ」

たまりかねたように鉄蔵が怒鳴った。しかし幾五郎は意にも介さず、君若を凝視し続ける。

「どうしてそんなことを」

君若が震えている。幾五郎はなおも詰め寄った。

「なぁ、あんたなにか知ってんだろ」

「いい加減にしねぇかっ」

鉄蔵が幾五郎の腕をつかんで無理矢理振り向かせた。

「大事な人に死なれたんだ。少しは察してやれ」

「察してやるってんなら、わざわざこんな所に呼んで、話を聞かなくてもよかったじゃねぇか。鉄蔵さんが話を聞きてぇと先生に頼んだから、この人はここで泣いてんだぞ」

屁理屈である。が、鉄蔵には効果があったらしい。幾五郎の腕を持ったまま固まっている。腕を引っ張られながら、幾五郎は顔だけを君若にむけて性懲りもなく問う。

「知ってることがあったら聞かせてくれ。俺たちにできることがありゃ、なんでもやる」

「本当ですか」

君若が顔をあげた。幾五郎が力強くうなずく。ここまで潔い安請け合いは初めて見た。

「姉さん。近々所帯を持つって言ってたんです。そんな人が、自分で死にますか」

「振られたってことは」

「無いと思います。だって、それを聞いたのは姉さんが死ぬ十日くらい前のことですから。姉さん、私にだけ教えてあげるって言って、本当に嬉しそうに」

そこでまた君若が口をつぐんだ。

「じゃあ、あんたは道芳さんは誰かに……」

「止めろっ」

たまらず京伝は叫んでいた。幾五郎の襟をつかんで、先刻座っていた場所まで引きずる。

「それくらいにしておけ幾五郎っ。道芳は自分で死んだんだ。なにかあったら、御上が調べてる。

終わったことを蒸し返すと、いいことはないぞ」

「でも」

「悪かったな君若。お前はもう下がっていいぞ」

君若が京伝と幾五郎を交互に見る。

「もういい。悪かったな」

情を断ち切るようにきっぱりと言って、京伝は力強くうなずいた。それを拒絶と受け取った君若は、戸惑いながらも腰を浮かせて部屋を辞す。幾五郎は追おうとしたが、京伝と鉄蔵につかまれながら芸者の後ろ姿を見送った。

「なんでぇっ。せっかくいいところだったのに」

四人になって開口一番幾五郎が吐いた言葉は、子供の駄々だった。京伝は呆れてなにも言えない。人の死を悼む者に、これほど無礼な態度があるものだろうか。

「ありゃねぇだろ」

荒い鼻息を立てながら鉄蔵が言った。幾五郎は口を尖らせて、侠気溢れる絵師に詰め寄る。

「これから面白くなるところだったんだ。それをあんたたちが邪魔するから」

京伝のなかでなにかが切れた。気づいた時には怒鳴っていた。

「面白ぇだと抜かしたか、この野郎っ。お前ぇ、自分の親兄弟が死んでも、そうやって面白がれるってのか」

「あぁ、俺ぁ誰が死んでも洒落にしてやりやすぜ。俺が人の生き死にでひとつだけ我慢ならねぇことがあるとしたら、手前ぇが死んだ時のことだけだ」

この男でも、己の死だけは別なのだ。ならば、これほど傍若無人な我儘はないではないか。

幾五郎は京伝をにらんだまま、なおも止まらない。

「死んじまったら戯作が書けねぇ。死んでもこの世に戯作を残せるんなら、あっちのことを書いてやれるのによ。三途の川の渡し賃に、閻魔への媚びの売り方。地獄の亡者たちとの付き合い方まで、生きてる奴等があっちに行っても困らねぇように、俺が戯作にしてやる。それができねぇことだけが我慢ならねぇ」

「お、お前という奴は……」

この男は骨の髄まで戯作に染まっている。この世のすべては、戯作のためにあるとでも思っているのではないのか。いや、思っている。思っているからこそ、こうやって胸を張っていられるのだ。京伝は幾五郎という男の性根を目の当たりにして、声を失っていた。

「あの……」

寒々しい気が満ちるなか、陰気な声が京伝の頬を撫でた。瑣吉がこちらを見ながら、手を上げている。

「なんだ」

やっとのことで京伝がそれだけ言うと、瑣吉は血の気の失せた藍色の唇を震わせはじめた。

「幾五郎さんが言いたいことは解らないでもありません。あれ以上聞きたくなかったかと問われれば、私は否と答えます」

「瑣吉、お前まで」

叱られたと思ったのか、瑣吉が首をすくめて京伝から目を逸らす。そしてそのまま黙って動かなくなった。

「京伝先生」

幾五郎の声だ。無礼な耕書堂の居候をにらむ。

「道芳さんは自分で死んだんじゃねぇかもしれやせんぜ」

「お前はまだそんなことを」

幾五郎の邪悪な笑みを見たまま、京伝は二の句が継げなかった。


「そうかい、そいつぁ悪いことしちまったな」

そう言って蔦重が笑うのを、京伝は仏頂面でにらむ。煙草に火を点けて二、三度吸って灰吹きに灰を落とす間も蔦重は笑い続けた。

「悪いことしたって人がそんなに笑わないでしょ」

いいかげんに腹が立ち、言葉の針でちくりと刺す。すると蔦重は、肉の付いた顎を一度だけ下げて謝った。

「しかし、先生が吉原に行って芸者ひとりしか呼ばなかったってのが、なんとも面白ぇじゃねぇか。粋人の京伝が仲で芸者に袖にされたなんて噂が広まっちまったら、商売あがったりじゃねぇですかい」

「俺はもう、洒落本は書かないから別にいい。それに第一、戯作は商売じゃない」

「京伝先生がそんなこと言っちまうと、若い者が怒りますぜ。あんたは潤筆料もらってんだろ立派な商売じゃねぇかってね」

「それは、あんたと鶴喜の旦那が決めたことだろ。こっちの知ったことじゃない」

へへへ、と下卑た笑いを吐いてから、蔦重が問う。

「仲に連れてった後は、どうでしたかい。あの野郎はしっかりと働きやしたか」

「あぁ、十分過ぎるほど働いてくれた」

仲で君若に会ってから二十日ほどが経っている。その間、幾五郎は感心するくらい働いてくれた。あの夜のことなどなかったかのように、父や重蔵に命じられるまま、日が昇り、夜の明かりが消えるまで、とにかく飯を喰う暇がないほどの働きぶりであった。

仕事に精を出すということは、二階に籠っている京伝と顔を合わせることがないということだ。吉原の一件以来、幾五郎に言葉をかけようという気がなくなっていた。幾五郎の方も、京伝を避けているような節がある。京伝と相対したくなくて、仕事に精を出しているのではないかとさえ思えてしまう。

「そうかい、先生が素直にそう言うってこたぁ、あの野郎、本当に店の役に立ったんですな」

「親父なんか、このままずっと店にいてくれても構わないって、本人に直に言ってるくらいだ。親父も重蔵も、幾五郎のおかげで随分助かってる」

「そうかい」

蔦重が手を打つ。

「あいつぁ、人のことをよく見てるし、なにより気が回る。うちの店でも手際がいいってんで、裏方の親父たちに重宝がられてんだ。居候のくせに奉公人以上に器用にやられちゃ、店の者は面白くねぇや」

「それで弁吉が喧嘩を売ったってわけか」

「えぇ」

耕書堂の主は、気鬱な溜息をひとつ吐いて、袖口に手を入れて腕を組んだ。

「先生がいま言った通りだ。戯作で飯喰えるなんてこたぁ土台無理な話なんだ。先生の本くれぇに売れりゃ、こっちも銭を出してやれるが、そこまで行くなんて並大抵のことじゃねぇ」

潤筆料などもらっている者は、京伝ただ一人なのである。戯作で金を稼ぐという考え自体が、間違っているのだ。

「だからあっしも幾五郎の野郎に、生業を持てって何度も言ったんですよ。でも、あいつぁ阿呆みてぇに、あっしは戯作者になるんでさ。といってけらけら笑ってる。他のことは人並み以上に目端が利くくせに、手前ぇの暮らしにだけは目が行かねぇ。戯作者になるの一点張りで、聞く耳持ちゃしねぇ。あいつが商売やる気んなったら、なに商っても上手く行くと思うんだがね」

いま江戸で最も勢いのある書肆《しょし》、耕書堂の主、天下の蔦屋重三郎にここまで言わせる幾五郎は大したものである。それは京伝も認めざるを得ない。

が……。

「俺も旦那と同じことを思ったよ」

京伝の言葉を聞いた蔦重の顔が、ぱっと明るくなる。

「そうでしょ先生。あいつぁ、商人としての才がある」

「本当に同じことを思って、俺もあいつに商人になれと言ったんだ」

「なんて言ってやした」

「話を最後まで聞いてくんなよ」

蔦重の問いに答えず、京伝は語る。

「でも俺は考え違いをしてた。あいつは商人には向いてねぇ。いや、他のなににも向いてねぇ。ただのひとつを除いてな」

言葉の裏を探るように、蔦重が目の奥に鋭い光を湛えて、京伝の言葉に聞き耳を立てている。

「あいつが何故、他の仕事に精を出すか解るかい」

「幾五郎の野郎は、なにやるにしても楽しそうにやる。この世のいっさいのことを楽しんでやがる。だからきっと仕事も楽しいんだろう」

「どうして、楽しいと思う」

「ここでのあいつに、先生はなにを見たんですかい」

扇屋で見た幾五郎の本当の姿を、心底からは理解できない。だが、京伝も一端の戯作者である。だからこそ、なぜあの男がこの世の一切を楽しんでいるかは、なんとなく解る。

「すべてが戯作に通じてんだよ」

「なるほど」

蔦重も並の書肆ではない。いまのひと言ですべてを理解したようだった。

「先生の言う通りだ。あいつぁ、手前ぇが味わったすべての物事を、戯作にするつもりなんだ。往来を掃いてるときも礬水を引いてる時も、頭んなかでは戯作の筋立てを考えてやがるんだな。箒の遣い方、礬水を引く筆の運び、いつ何時、必要になるか解らねぇ。だから幾五郎は、なにひとつ無駄にしねぇように、楽しみながら味わってる。なるほど、先生の言葉であいつって男が腑に落ちやした」

「あいつは戯作者になるために江戸に戻ってきた。それは覚悟なんて堅苦しい言葉で語る物じゃないんだ。己自身になるために、戯作者って道を選んだ。ただそれだけのことだ」

「あいつ自身が戯作ってことですかい」

「天賦の才とは恐ろしいな」

京伝は、ふたたび煙管に煙草を詰める。すると外から幾五郎の声が聞こえてきた。

「入れ」

煙草に火を点けながら言う。ゆるゆると唐紙が開き、廊下に座る幾五郎が室内を見た。そして蔦重を見つけて、目を大きく見開いた。

「あっ、蔦重の旦那じゃねぇですかい」

「久しぶりだな」

嬉しそうに跳ねながら、幾五郎が部屋に入って蔦重の前に座った。

「元気にやってたか」

「そりゃあ、郷に入れば郷に従えって言いやすからね。習うより慣れろでさ。あっしは、そこのやり方に合わせるってのが、大の得意でして、まぁ、どこに行ってもそれなりに器用にやれるって言いやすか、誰にでも気に入られるって言いやすか、まぁ、こいつぁ人徳ってやつですかね」

一気にしゃべって、豪快に笑った。それを、眉尻を下げて呆れ顔で聞いていた蔦重が、穏やかに笑った。

「その忙しねぇ喋り、懐かしいじゃねぇか」

「なんですかい、まさかこのままこの店にいろってんじゃねぇでしょうね」

「なんでぇ、京伝先生の傍がいいって言ったのはお前ぇじゃねぇか」

「そりゃ、言いましたがね」

幾五郎が膝をすべらせ、蔦重に詰め寄る。

「あっしは煙草屋になりてぇわけじゃねぇ」

「戯作者……。か」

「はい」

満面の笑みで耕書堂の居候がうなずく。

「ったく仕様の無《ね》ぇ野郎だなお前ぇは」

「えへへへ」

「もう弁吉も働いてる。傷も治って、お前ぇに謝りてぇと言ってる」

「そうですかい、あの野郎も謝る気になりやしたかい」

「馬鹿野郎」

幾五郎の頭を蔦重が思いきり殴る。

「まず先にお前ぇが謝るんだ」

「あっ、そうでやしたね」

ぺろりと舌を出す。

「解ったらさっさと支度を済ませてこい」

「あの……」

幾五郎が京伝を見る。

京伝は追い払うように掌を振った。

「お前みたいな奴は、さっさと耕書堂に戻んな。そして二度とここの敷居はまたぐんじゃねぇ。わかったな」

「はいっ」

「少しは驚くか悲しむかしろよ」

京伝の言葉を聞きもせず、幾五郎は廊下に駆けだしていた。

「っの野郎……」

呆れる京伝に、蔦重が穏やかに語りかける。

「あいつ、面白ぇでしょ」

「ふん」

煙草を深く吸い、胸の奥まで煙を行き渡らせる。

「旦那」

煙とともに言葉を吐く。蔦重は黙って聞いている。

「あぁいう奴に好き勝手させるわけには行かん。戯作者ってのがどういう物か、話仕立てて解らせてやらないと。どんだけ性根が大した物でも、面白い話を仕立てられなきゃ使い物にならないってことを、俺の仕立てた話で解らせてやる」

「お、書いてくれる気になりやしたか」

「黄表紙ならな」

「瑣吉なんかの代筆はもう、受け取りやせんぜ」

ばれていた……。いや、当たり前か。人の書いた物が解らぬようでは、書肆など務まらない。

手鎖を受けてから戯作に身が入らなくなり、瑣吉のような若い戯作者に度々代筆を依頼していた。

しかしそれも終わりだ。

「当たり前だ。俺が書く」

「そうこなくっちゃ」

嬉しそうな蔦重の声を聞き、京伝は悟った。

「あんた、まさかわざと幾五郎をここに」

「さぁ、どうでしょうな」

名うての書肆は、そう言って笑う。

裏があろうとなかろうと、京伝の胸に戯作の火が再び灯ったことに変わりなかった。

其ノ肆　蔦重が迷う

「しゃらくせぇ……」

薄暗い客席をにらみ、蔦屋重三郎は誰にも聞こえない声でつぶやいた。

舞台の上では役者たちが、いつもと変わらぬ熱のこもった芝居を見せている。しかし、客席のいたるところに空きが目立つ。襤褸《ぼろ》の着物のように穴だらけの桟敷《さじき》が、蔦重の苛立ちをいっそう募らせてゆく。

雲《くも》の絶間《たえま》姫《ひめ》の誘惑に負けた鳴神《なるかみ》上人が、怒りの炎に身を包む。

「成田屋《なりたや》っ」

大向こうの声もまばらである。これでは無いほうが増しだ。ここぞというところで、小屋の後方から割れんばかりの声が上がる。その声が波となって舞台にまで押し寄せ、客も役者も飲みこんで小屋がひとつになるのだ。一人二人が声を上げたところで、舞台まで届くのがやっと。小屋全体に熱気を運ぶことなどできるはずもない。

姫の色香に惑わされ日照りの呪法を解いてしまった鳴神上人が、怒りの炎に身を包みながら花道を六方で去ってゆく。その力強い足取りにあわせて柝《き》が打ち鳴らされて、幕が下手から上手へと閉じてゆく。

蔦重は溜息をひとつ吐いて席を立った。

小屋の窓から漏れる明かりが、かすかに紅く染まっている。夜まで芝居は続く。いまは幕間の休憩である。しかし蔦重は、桟敷を出て客の間を掻き分け、そのまま一気に小屋の外に出た。

夕刻の木挽町《こびきちょう》は人でごった返している。この辺りは芝居小屋が多い。江島生島《えじまいくしま》事件によって廃絶された山村座《やまむらざ》もこの地にあったし、御上から認められた三座のひとつ森田座《もりたざ》は、蔦重が立っている場所から歩いてすぐのところにある。しかしいま、森田座の戸は閉じられていた。役者への支払いの高騰や、奢侈《しゃし》を禁じる御上の政《まつりごと》の影響で経営が立ち行かず、五年ほど前から小屋を閉じている。その控櫓《ひかえやぐら》として、いま蔦重が出てきた河原崎座《かわらさきざ》が歌舞伎を上演しているのだ。

「ちょ、ちょっと、いきなりどうしたんですかい旦那」

うろたえた声を吐きながら、幾五郎が小屋から出てきた。

「厠に行って戻ってきたら、旦那の姿が無《ね》ぇもんだから、小屋じゅう探しましたぜ」

「嘘吐け。一目散に出てきたくせに、なに言ってやがる」

「へへへ」

蔦重は、抜け目ない居候を肩越しににらんだ。幾五郎はわずかに開いた唇の隙間から舌先をのぞかせ、肩をすくめていた。

「どうするんですかい。このまま店に帰るんですか、旦那」

「旦那、旦那うるせぇなぁ。俺《おら》ぁ、お前《め》ぇを雇ったつもりはねぇ」

戯作者になりたいと言って店に転がりこんできたのを、面白がって飼っている。ただで飯を喰わせるわけにも行かぬから、刷り物に使う紙に礬水を引かせたり、蔦重が外出する際にこうして供をさせたりしていた。勘働きの鋭い男だから、なにかと使い勝手がいい。

「随分、ご立腹でやすね。成田屋の芝居が気に入らなかったんでやすかい」

「いつも通り、役者たちは見事だった。申し分無ぇ。客が入らねぇってのに、あれだけ気ぃ入れてやってんだ。褒めてやりてぇくれぇだ」

蔦重をまわりこむようにして、幾五郎が目の前に立った。そして口許に掌を当てながら、これ見よがしに小声でささやく。

「また白河《しらかわ》様の政ですかい」

人の心を見透かすような幾五郎のぎらついた瞳に仰ぎ見られ、蔦重は舌打ちをした。

図星である。

面白くないことはなにもかも、白河様こと先の老中、松平定信《まつだいらさだのぶ》が行った政のせいであった。松平定信は幕府の財政逼迫を打開するため、身分の上下にかかわらず奢侈を禁じた。奢侈を禁じるということは、生きることに直接関係のない物に多大な影響を及ぼす。芝居、吉原、そして蔦重が商う洒落本、滑稽本の類。これらは奢侈の上に成り立っている。人々が日々の暮らしのなかで残った金を奢侈に使ってくれることで生きている者たちが、この江戸の街には大勢いるのだ。奢侈を禁じられるということは、そういう人々の生計《たつき》を断つ行いなのである。

しかも定信は奢侈を禁じるだけに留まらず、奢侈の元凶が風紀の乱れにあると言い、文武を貴ぶよう下々にまで強要し、御上を揶揄するような真似や、猥らな物を世に広めることを禁じた。

そのせいで蔦重は、一度捕えられている。三年ほど前のことだ。京伝に依頼して書かせた『仕懸文庫』ら三作を出版し、禁制を犯したとして、身上半減の沙汰を受けた。

身上半減。つまり店を半分にするということだ。言葉の綾などではない。本当に半分にする。役人に引き連れられた大工どもが、店を半分に切ってしまうのだ。人が手塩にかけて育てた店を容赦なく打ち壊してゆく大工たちの見事な手並みに、蔦重は呆れると同時に見惚れていた。御上の命という大義名分があれば、人はこれほど非情になれるものかと感心したものだ。

去年、憎むべき松平定信は老中を辞している。しかしそれ以降も公儀は質素倹約、文武奨励の政を変えようとはしなかった。

目の前に立つ幾五郎に背をむけるように振り返って、河原崎座を見上げる。櫓に刺さった梵天《ぼんてん》を見つめ、居候に語った。

「贅沢をしちゃならねぇ。文武の道こそ人の道よと御上は言うが、そうやって人を締めつけた結果が、これかよ」

「江戸三座はすべて閉まっちまって、ぜんぶ控櫓。役者の給金も贅沢だってんで減らされちまって、千両役者はいなくなっちまった」

「くそっ、しゃらくせぇ」

「あっしが昔いた頃よりも、この街はくすんじまってやすね」

「森田座が閉まっちまってるからな」

「違いまさ。江戸そのものがでさ」

江戸の街がくすんでいる。

たしかに幾五郎の言う通りかも知れない。人は食べて寝るだけでは立ちゆかないのだ。富者であろうと貧者であろうと、みずからに見合った贅沢というものがある。月に一度、十日に一遍。無駄な銭を使うことで、日々の暮らしでくすんでしまった心に彩りを取り戻すのだ。また明日から頑張ろうという力を得るのだ。御上が民から奪ったのは、そんな束の間の光彩なのである。

街がくすむのも無理はない。

「蔦重の旦那」

小屋から出てきた老人が、蔦重を見つけて近寄ってくる。薄茶の衣に渋茶の羽織を合わせた気《き》っ風《ぷ》の良さそうな男だった。

「これは、山崎屋《やまざきや》」

蔦重は膝に手を当て、深々と頭を下げた。山崎屋と呼ばれた男は、この小屋の主、四代目河原崎権之助《ごんのすけ》である。山崎屋は彼の屋号だ。初代が越前山崎の生まれであったことから、山崎屋を屋号としていた。四代目は掌をみずからの目の前でひらひらと振りながら、口を開いた。

「蔦重の旦那が小屋を出られたと聞いて、急いで出てきたんですよ。間に合わないと思ったんですが、ここにいてくれて助かりました」

言った四代目の口許が強張っている。蔦重が中座したことを気にかけているようだった。

「なにか不始末でも……」

「いやいや、違うんだ山崎屋」

四代目の言葉をさえぎり、蔦重が首を横に振った。櫓を見上げて悲しそうにつぶやく。

「役者は申し分ねぇ芝居見せてるってのに、客があれじゃあなぁ。なんだかいたたまれなくなっちまって、気づいた時にゃあ飛びだしちまってた。申し訳ねぇ」

「追っかけてきたのは、まさにそのことなんですよ」

我が意を得たりというように、四代目が大きな目をいっそう見開き身を乗りだした。

「蔦重の旦那に頼みがあるんですが」

「私に出来ることなら、なんでもやらせてもらいますぜ」

「そう言ってくれると思ってました」

四代目の口許の強張りが取れ、柔らかい笑みが浮かぶ。

「耕書堂の力で、芝居を盛りあげてもらいたいんです」

「そういうことなら、喜んでやらせてもらいますぜ。御上の顔色うかがって、びくびくしてんのはもううんざりだ」

「いいんですかい旦那」

幾五郎が首をすくめながら、割って入る。

「あんまり御上に睨まれると、今度は身上半減じゃ済まされやせんぜ」

「知ったような口利くんじゃねぇ」

罰を受けたのは三年前。幾五郎が転がりこんで来たのは一年前のことだ。小生意気な居候を一喝してから、蔦重は四代目にむかって胸を張った。

「とにかく、俺に任せてくんな」

威勢のいい蔦重の言葉に、四代目が深々と頭を下げた。


「と、いうことなんだ」

河原崎座の前で交わした四代目との約束を語り終え、蔦重は上座にすわる男をうかがう。生白い顔に細いひび割れがふたつあり、その割れ目のなかに浮かぶ酷薄な瞳が、下座の蔦重を眺めている。桃色の唇から煙管の吸い口を放し、男は深い溜息をひとつ吐いた。そしておもむろに、蔦重に問う。

「それで、私になにをどうしろと言うんですか」

「お前ぇに力になってもらえねぇかと思ってな。歌麿」

喜多川歌麿。

当代きっての絵師である。

蔦重はこの男の腕に惚れこみ、幾五郎のように店に住まわせた。それだけではない。毎晩のように吉原通いをさせ、女を学ばせた。美人画といえば歌麿。その揺るぎなき評判の一端は、蔦重によって培われたといっても過言では無いと己自身思っている。

しかし近頃、二人の間に隙間風が吹き始めていた。ここ数年、耕書堂以外の版元とも歌麿は通じているのである。というより、蔦重から逃げるように、他の版元の仕事を受けているように思えるのだ。

この辺りで繋いでおかないと……。

四代目の頼みがよいきっかけだった。

「力になる……。とは」

つぶやいた歌麿が盃を手にした。彼のかたわらに座っていた花魁が、静かに酒を注ぐ。慣れた手付きでそれを受けると、歌麿は口に当ててゆっくりと盃をかたむける。

その間、蔦重は微笑を浮かべて、歌麿の言葉を待つ。しかし心中は穏やかではなかった。いったい誰が、この男をここまでにしたのか。育ての親の恩を忘れ、上座から見下す歌麿の態度が心底から気に喰わない。怒鳴らないのは、相手の術中にはまるのを嫌ったからだ。歌麿はわざと尊大に見せて挑発している。なにがそんなにこの男を悪辣な行いに走らせるのか。蔦重には理解できない。仕事を与え、一人前の絵師に育てあげたのは蔦重である。恨みを持たれる筋合いはない。

盃を置き、歌麿が尖った顎を突きだすようにして、口を開く。

「私に役者絵を描けと言うんですか」

「そうだ。美人画の歌麿が役者の大首絵を描くとなりゃ、大層な評判になる。三座の五月公演の役者を雲母《きら》摺《ず》り大首絵でやろうじゃねぇか」

「ちょっと待ってくださいよ」

勢いこんで語る蔦重を甲高い声が止めた。口調に滲む不機嫌さが、蔦重の苛立ちを募らせる。気づいた時には口を真一文字に引き結び、上座をにらんでいた。育ての親の鬼気迫る視線を恐れるように、歌麿が小さな咳をしてから目を伏せる。そして膝元の煙管に手を伸ばした。

「生憎、この先二年程、やらなきゃならない仕事で埋まってましてね」

蔦重から目をそらし雁首に煙草を詰めながら、歌麿が言い訳がましくつぶやいた。荒い息をせわしなく鼻から吐き、蔦重は黙って続きを待つ。歌麿が煙草に火を点ける。胸一杯に吸いこんだ煙を薄い唇から吐きだすと、歌麿は火入れのなかの灰を見つめて、つぶやく。

「旦那には済まないんだが、しばらく身動き取れない。五月の芝居の役者たちを絵にして売り出すんだろ。版木や摺りの仕込みを考えりゃ、芝居観たらすぐに描きはじめなけりゃならないじゃないか。とてもじゃないが、そんな暇は私にはありませんよ」

「逃げるのか」

「え」

歌麿は、己の気持ちを表に出すような野暮なことは決してしない。しかしこの時は、蔦重の挑発に乗ったようだった。白くて滑らかな歌麿の眉間に、細い縦皺がくっきりと浮かびあがる。

「暇がねぇと言っておきながら、こうして仲で遊んでんじゃねぇか。要は役者絵を描くのが怖ぇんだろ。勝負なんかしなくても、美人画だけ描いてりゃ盤石だからな」

歌麿はなにを描かせても上手い。そんなことは蔦重が誰よりも知っている。挑発だ。絵師の心を奮い立たせるために、あえて貶めている。

歌麿が怒りで肩を震わせていた。

さぁ来い……。

蔦重は〝やってやろうじゃないですか〟という言葉を待つ。歌麿は、ここまで言われて黙っているような男ではない。

「帰ってくんな」

うつむいたまま歌麿がつぶやいた。

「お、おい」

「私はあんたのそういうところが、心底嫌なんだ。仕事は受けない。帰ってくれ」

歌麿はそれ以上なにを言っても答えなかった。

「畜生めっ。誰のおかげであそこまでなれたってんだっ。えっ、言ってみろ」

「おいおい、俺は歌麿じゃないよ」

醒めた声でたしなめる京伝に動じることなく、蔦重は鼻の穴をふくらませて怒りをぶちまける。

「描く暇がねぇとか抜かしやがって。暇の塊だったあいつに、俺がどんだけ描かせたか知ってるでしょう、京伝先生」

「あぁ、知ってるよ。一時期のあんたの歌麿への惚れこみようは尋常じゃなかった」

「それを、なんだあの野郎……」

吐き捨てて、掌中の猪口に口を付けた。腹の底に酒を流しこむと、躰の芯がかっと熱くなる。

京橋銀座の京伝の店に、蔦重はいた。

誰かに吐きださなければ、家に戻れない。歌麿に断わられた鬱憤を、盟友とも呼べる京伝に聞いてもらおうと思ったのである。そんな蔦重の気持ちを、京伝はひと目見ただけで見抜いたようだった。なにも聞かずに〝まぁ上んなよ〟と言い、己の居室のある二階に引き入れ、酒を用意してくれたのだ。

「くそぉ……。なにもかも面白くねぇ」

空になった猪口の底に描かれた藍色の丸をにらむ。京伝は黙って蔦重の猪口に酒を注ぎ、続きを待っている。

「なにが文武の奨励だ。なにが奢侈を禁ずるだ。しゃらくせぇ。武家の道理を押し付けやがって」

「朱楽菅江《あけらかんこう》、四方赤良《よものあから》……。武家の方々は皆、我等から離れて行かれた」

京伝が言った者たちは、蔦重とともに江戸の狂歌、洒落本などを作ってきた仲間である。しかし松平定信の政以降、武家であった彼らは御咎めを恐れ、歌壇や戯作から身を退いた。夜な夜な吉原で集まり狂歌会を開いていた彼等の歌を集め、蔦重は幾度も狂歌本を出版した。間違いなくその頃の江戸の娯楽は、侍たちが支えていたのである。

「あくせく働いて飯喰って寝る。そしてまた朝んなりゃ汗水流す。親やご先祖様に感謝し、忠孝を貴び、ただひたすら質素に生きる。そうやって爺ぃんなったら死ねってか。俺ぁ御免だね。とてもじゃねぇが耐えられねぇ」

「またしょっ引かれるぞ」

「なんでぇ、先生の所にゃ間者《かんじゃ》でもいるのかい」

「間者……。ぷふっ」

珍しく京伝が噴きだした。なんだか嬉しくて蔦重も笑う。

「俺ぁ、吉原の生まれだ」

「知ってるよ」

京伝が答えた。それにうなずいて、蔦重は続ける。

「物心ついた時から、夜になると、いたるところで太鼓と三味がどんちゃんどんちゃん鳴っててな。男と女が楽しそうに笑ってる声が聞こえてくるんだ。母ちゃんは寝ろって言うんだが、目が冴えちまって寝られやしねぇ。いろんなところに毛が生えるころにゃ、遊びに混じってた」

京伝は黙って聞いている。蔦重は己の身の上話を、あまりしない。版元と戯作者という垣根はあるが、長年苦楽をともにしてきた京伝の前だからこそ、心に浮かんだ言葉を素直に口にできるのだ。

「遊興娯楽が無ぇ世の中なんて、俺には考えられねぇ」

京伝はにこやかに笑っている。

一度溢れ出した想いは止まらない。

「芝居をなんとかしてぇという山崎屋の気持ちが痛いほど解るんだ。別に身の丈以上の贅沢をしようって訳じゃねぇ。明日も頑張ろうと思えるだけの、ささやかな贅沢でいいんだ。娯楽はそういう物だろ京伝先生よ」

「そうだと思うよ」

一気に飲み干し空になった猪口に、京伝が酒を注ぐ。

「雲母摺りの大首役者絵。やりてぇじゃねぇか」

雲母は金がかかる。奢侈を禁ずる公儀の目に留まる危険があった。だからこそやる価値がある。耕書堂の店先にずらりと並ぶ雲母摺りの役者絵に人々が足を止める姿が、蔦重の頭のなかにははっきりと見えていた。

「旦那の暑苦しさを解ってくれる者は、ちゃんといるだろ」

「歌麿は後ろ足で砂かけやがった」

「そうじゃない」

京伝が首を振る。

「耕書堂に屯《たむろ》してる奴等だ。あいつらも旦那と一緒だ。娯楽がなけりゃ死んじまうような馬鹿ばかりじゃないか」

「あぁ……」

歌麿という名前ばかりに気を取られて、すっかり忘れていた。京伝の言う通り、蔦重の元には、戯作や絵が好きで好きで仕方の無い者たちが集っている。

「無名で貫目が足りないんなら綺麗さっぱり割り切って、新しい絵師として売りだせばいいだろ」

言って京伝が文机にむかった。紙を一枚取りだし、なにやらさらさらと書き始める。蔦重は酒を啜りながら、京伝を待つ。

「よし」

うなずいた京伝が、紙を蔦重に突きだす。

「写楽……」

「御上に怒りをぶつける時の、旦那の口癖だ」

「絵師の名ってわけかい」

京伝が顎を上下させて笑った。

「あいつ等のなかから、こいつだって旦那が決めた奴に、この名を付けて描かせりゃいい」

真っ白な紙の上に黒々と書かれた写楽という文字に、蔦重は目を奪われて動けなかった。


「この度、所帯を持つことになりました」

そう言って照れ臭そうに笑う青年に、蔦重は満面の笑みをむけた。

細面のこの若者は、日頃から店を贔屓にしてくれている本所の薬種問屋の若旦那である。店は父が切り盛りしているが、数年後にはこの若者が継ぐ。所帯を持たせるのも、その準備の一環なのであろう。

「そいつぁ、目出度い話だ。で、お相手は」

「日本橋の呉服問屋、笠鶴屋《かさつるや》喜兵衛《きへえ》さんのところの……」

「笠鶴屋といや、大店じゃないですか」

無礼な話だが、この若者の家などよりも身上は何倍も大きい。

「先方が、私のことを気に入ってくださったとかで」

「見初められたってわけですかい」

蔦重の言葉に、若者は耳を赤らめる。幼い頃から書物を読み漁り、なにかを読んでいなければ落ち着かないという真面目な青年であった。四書五経のような堅苦しい物から、色町を舞台にした洒落本まで、読物ならばなんでも読む。出入りの商人が持ってくる書物だけでは飽き足らず、足しげく耕書堂に通っているうちに、蔦重と親しくなった。若者が来店すると己の居室に呼び、一刻ほど談笑するという付き合いは、すでに三年あまりに及んでいる。そんな若者が所帯を持つ。まるで息子のことのように嬉しい。

「ご両親も喜んでいなさるでしょう」

「そりゃもう。お相手がお相手ですので、父などは今から緊張しています。母は母で、大店の娘さんだから、これまで箸の上げ下げまで人にやってもらってたのだろうし、私がしっかりと一人前にするって意気込んでまして、見ている私のほうが心配になる始末」

「お二人とも楽しみで仕方ねぇんでしょう」

蔦重が声をあげて笑うなか、若者は出された茶菓子を細い指でつまんだ。吉原の菓子屋、竹村《たけむら》伊勢《いせ》の最中の月である。皮で餡を包んだそれを、半分ほど食べ、静かに顎を上下させて、茶を啜る。そのひとつひとつの仕草に、なんともいえぬ品が漂っていた。父母に大事に育てられたことが、若者の総身からにじみ出ている。箱入り娘ならぬ箱入り息子。そんな言葉が、蔦重の頭に湧いた。

「祝言の段取りなどで、いろいろと忙しくなりそうで、しばらく足が遠のくかもしれませんが、落ち着きましたら改めてご挨拶にうかがいます」

言って若者が深々と頭を下げる。蔦重は恐縮するように、掌を激しく振りながら答えた。

「あっしと旦那の仲だ。そんなに気ぃ遣わないでくださいよ。また暇な時に、気軽に顔を見せてくださいな」

「はい」

若者がうなずいて、わずかに腰を浮かせる。

「それでは私はそろそろ」

かたわらに置いてある包みを小脇に抱え、立ちあがる。包みの中には蔦重が勧めた書物が入っていた。近頃、蔦重が目をかけている名古屋の書肆、永楽屋東四郎《えいらくやとうしろう》が手掛けた仏書『釜斯幾《かましき》』である。

「お気をつけて」

「ありがとうございます」

蔦重は立ちあがり、部屋の外まで若者を見送った。縁廊下を歩く背中が暖簾を潜って店へと消えると、蔦重は部屋に戻り座布団に腰を落ち着ける。それから間もなく戸が開き、丁稚が顔を出した。

「そいつを片付けて、あいつらを呼んでくれ」

「はい」

十をふたつみっつ越した丁稚が、若者が残した茶菓子と湯呑をそそくさと片付けて退室すると、蔦重は重い息をひとつ吐いて腕組みした。

「さて、どいつにするかな」

鼻の穴を真ん丸にしながら、ぼんくらどもの到来を待つ。

写楽……。

新たな絵師を作ればよいという京伝の案に、果たして誰が乗ってくるか。ひと癖もふた癖もある者たちだ。素直に首を縦に振るだろうか。雲母摺り大首絵。一枚二枚の話ではない。写楽となった者はその名を背負い、多くの作品を描くことになるだろう。重圧に負けずにこなせる者といえば幾五郎か鉄蔵か。とにかくまずは、ぶつけてみるしかないと蔦重は腹をくくった。

「入れ」

「旦那、幾五郎です」

ぶっきらぼうに蔦重が答えると、幾五郎を先頭に鉄蔵たちが入ってきた。

「座れ」

いつもとは違う蔦重の重々しい雰囲気に、男たちが緊張した面持ちで座る。畳の上に思い思いの姿で四人が腰を落ち着ける。

四人……。

一人多い。

「どうしてお前ぇがいるんだよ」

鉄蔵の隣で身を縮めるようにして座る瑣吉を見つめながら、蔦重は問うた。すると気弱な下駄屋の主は、申し訳なさそうにか細い声で答える。

「だ、旦那が使いを寄越してまで店に呼ぶってことは、なんか嫌な予感がすると鉄蔵さんが言いまして、私も来いと……」

今にも泣きそうな顔をした瑣吉が、鉄蔵を見た。当の鉄蔵は、青い畳の上に胡坐をかきながら堂々とした態度で蔦重をにらんでいる。

「お前ぇは戯作者だろ。今日呼んだのは絵が描ける奴等だ」

「そ、そうなんですか」

「おい親父」

蔦重と瑣吉の間に割ってはいるように、鉄蔵が大声で言った。その圧に揺さぶられたように、瑣吉が肩を激しく上下させる。そんなことなどお構いなしに、無礼な絵師は蔦重に詰め寄った。

「さっき店を出ていった奴は、どこのどいつだ」

「俺は贔屓の旦那の相手をしてたから店に出てねぇ。店の者に聞け馬鹿野郎」

「たぶん、その贔屓の旦那だよ。青白い顔して、ずいぶん育ちのよさそうな。そうだ、紺地に藍の縞が入った着物着てた」

「あぁ、そいつぁ本所の薬種問屋、黄林堂《おうりんどう》の若旦那だ」

「やっぱり知ってたじゃねぇか」

「うるせぇ」

鉄蔵の不遜な物言いに、蔦重もつい怒鳴ってしまう。

「あいつを見たことがある」

「うちの客の詮索なんざするんじゃねぇ馬鹿野郎」

「見たことがあるって言っただけだろ」

鉄蔵が口を尖らせる。

「そんなこたぁ……」

「何処で見たんだい」

どうでもいいと言おうとした蔦重をさえぎって、幾五郎が首を突っこんだ。この男は、面白そうな話となると、節操なく喰いつく悪い癖がある。

問われた鉄蔵が口ごもった。

「どうした」

蔦重が問うと、鉄蔵はおおきな唾の塊を音をたてて飲みこみ、深く息を吸って、やっとのことで口を開く。

「俺の部屋の隣だ」

「それって」

頰を強張らせ唇を吊りあげながら幾五郎が問うと、鉄蔵は目を見開き蔦重をにらんだままうなずいた。

「どういうこった」

蔦重の言葉に、幾五郎が堅い笑みを張りつかせて答える。

「旦那も知ってるでしょう。鉄蔵さんの部屋の隣に住んでた長唄の師匠」

思い出した。

「首を括って死んでたのを、瑣吉が見つけたってあれか」

幾五郎が顔をがくがくと上下させると、瑣吉はなにかを思い出したように激しく躰を震わせた。

「どうしてそんなところで」

「手拭でほっかむりしてたが、あの顔は間違いねぇ」

蔦重のつぶやきに鉄蔵が言葉を重ね、そのまま続けた。

「まだあの女が生きてたころだ。俺が絵師仲間の家から夜帰ってきたら、女の部屋からあの男が出てきやがった。人目を避けるように手拭をかぶって長屋を去ろうとしてたんだが、闇んなかに俺が立ってたもんだから驚いて顔を上げやがった。長屋の障子戸から漏れる明かりで見たから間違いねぇ。たしかにあの男だった」

「どうしてあんな貧乏長屋に、本所の薬種問屋の若旦那が……」

唐突に聞こえた声に、蔦重をはじめとした男たちがいっせいに瑣吉の隣を見た。気配を殺して座っていた斎藤十郎兵衛である。陰気な目を鉄蔵にむける十郎兵衛は、問いの答えを待つように口を堅く結んだまま動かない。

「止めねぇかっ」

蔦重は叫んだ。このまま放っておくと、話がどんどん悪い方へと流れていく。それだけはなんとしても避けたかった。あの誠実な若者が、鉄蔵が住むような貧乏長屋に用があるわけがない。鉄蔵は見間違いをしている。今日も過日も、見たのは刹那の間だけ。

「おい鉄蔵。長屋で見た男と、あの若旦那が本当に同じだって言いきれるのか」

語気を強めて問う蔦重の鬼気迫る表情に、鉄蔵が戸惑いながら口を開く。

「言いきれるかって言われりゃ……」

「いや、多分鉄蔵さんは間違ってねぇ」

「余計なこと言うんじゃねぇ幾っ」

面白半分で首を突っこんだ幾五郎を、蔦重は怒鳴った。亀が甲羅に頭を入れるように衣の襟に頭を埋めながら、幾五郎が舌を出す。

「今日はそんなことを話すためにお前ぇたちを呼んだわけじゃねぇんだ。これ以上続けるってんなら、俺の話は止めにすんぞ」

どうしてこれほど必死に若旦那の話を中断させたがっているのか、当の蔦重にもわからない。しかしこれ以上この話を続けることに耐えられなかった。

鉄蔵が垢と汚れに塗《まみ》れた衣に手を突っこみ、ぼりぼりと首筋をかく。天井に目をやり、これ見よがしに溜息を吐いてから、蔦重を見た。

「わかったよ。止めりゃいいんだろ。止めりゃ」

隣で幾五郎が不満の声をあげたが、蔦重はそれを無視してうなずいた。

手を打ち、場の気を変える。

「今日、お前ぇたちに集まってもらったのは他でもねぇ。仕事の話だ」

「さっきの瑣吉さんへの言葉からするってぇと、絵でやすね」

「そうだ」

幾五郎に答える。すると調子のいい居候は、鉄蔵ばりの溜息を吐いた。

「あっしは戯作者になりてぇんでやすがねぇ」

「絵も描けるだろ」

小器用な幾五郎は、戯作だけでなく絵も描く。腕前もなかなかのものだ。

「描きはしますが、鉄蔵さんみてぇに阿呆みてぇには……」

幾五郎が横目で鉄蔵を見る。

「誰が阿呆だ」

「だって、いつもぶらぶら江戸じゅうをほっつき歩いてるかと思や、いきなり部屋に閉じこもって、何日も出てこねぇで絵ばっかり描いてるでしょ」

「なんでぇ、この前のこと怒ってんのかよ」

「この前のことってなんだ」

「聞いてくださいよ旦那。ほら十日ほど前、旦那から小遣いをいただいたでしょ。だから鉄蔵さんでも誘って酒でも呑もうかと思ったんでやすよ」

幾五郎の言葉を聞きつつ、鉄蔵に問う。

「酒呑めねぇだろお前」

「呑まねぇくせに、酒の席は好きって変わり者なんですよ、この人は。旦那も知ってるくせに」

答えたのは幾五郎だった。この男は一度口を開いたら止まらない。そのまま話し続ける。

「それでね、部屋に行ったんでやすが、物音ひとつしねぇもんだから留守かなと思って戸を開いてみたんでやすよ。そしたら鉄蔵さん、狭《せめ》ぇ部屋んなかに紙ばら撒いて、絵描いてたんですよ。で、酒でも呑みに行かねぇかと言ったら、うるせぇっ出てけって墨の入った硯投げるんでやすよ。戸を閉めるのがもう少し遅かったら、一張羅に真っ黒い水玉の柄が入るところでしたよ」

「洒落てんじゃゃねぇか」

「洒落過ぎてて、あっしには着こなせねぇよ」

鉄蔵の毒づきに答え、幾五郎が蔦重を見てにたりと笑った。終わったという合図だ。蔦重は咳をひとつ吐き、四人を見据える。

「まぁ、鉄蔵ほどは描かねぇにしても、幾も話を聞け。お前たち、いまの江戸をどう思う」

「江戸ですか……」

瑣吉がぼんやりとつぶやく。

「そうだ江戸だ。贅沢はしちゃならねぇ、面白ぇ物も駄目。親を大事に、文武に励め。そんな江戸だよ」

「面倒臭ぇっ」

叫んだのは鉄蔵だった。荒くれ者の絵師は、太い腕を組んで続ける。

「俺ぁ絵を描いて生きていくって決めてんだ。絵が描けりゃ、世の中なんてどうでもいい。が、贅沢だなんだといちゃもん付けて、絵を描く場を奪うのは許せねぇ」

「まぁ、鉄蔵さんが言ってるこたわかりやすが、許すもなにも御上が決めたことでやすからねぇ。と言いながら、あっしもちぃとばかり窮屈過ぎやしねぇかと思いやすがね」

鉄蔵の言葉に、幾五郎が即座に続けた。それを聞いて、蔦重は瑣吉を見る。

「お前ぇは」

「お二人が言うことも尤もかも知れませんが、親を敬い文武を貴ぶことは、人が生きるうえで最も大事なことだと思います」

元武士らしい答えである。蔦重は言葉を返しもせずに、十郎兵衛を見た。

「斎藤さんはどうだい」

「芝居が無くなるのは困る」

十郎兵衛は阿波侯お抱えの能役者である。御上の政よりも、芝居のことが真っ先に口から出るところが、なんとも能役者らしい。

「そうだよ芝居だよ」

十郎兵衛の言葉を受け、蔦重は語る。

「この堅苦しい世の中のせいで、三座が立ち行かなくなっちまって、今じゃ全部控櫓だ。この前、河原崎座に行ってきたが、客の入りは酷《ひで》ぇもんだ」

「あっ、そうか」

四代目との会話をかたわらで聞いていた幾五郎が声を上げた。

「お前ぇは少し黙ってろ」

人差し指を幾五郎の丸い鼻のほうへと突き立て釘を刺し、蔦重は一度茶で喉を潤す。もちろん四人には、そんな物は用意していない。

「そん時に、座元である四代目に、うちの店でも芝居を盛り上げらんねぇかと頼まれてな。それで俺も考えたんだ」

「役者絵か」

ここまで言えば鉄蔵にも察しが付く。蔦重は口の端を吊りあげ、絵師とは思えぬ見事な体軀の鉄蔵を見た。

「今度の五月狂言の三座に出る役者たちの絵を売り出す」

「そんなもんで盛り上げられんのかよ」

疑いの眼差しをむける鉄蔵に、胸を張って答える。

「役者の雲母摺り大首絵だ。こいつぁ、皆驚くぜぇ」

「だ、大丈夫かよ。また御上からお咎めを受けるぜ」

「そん時はそん時よ」

「おいおい」

呆れたように鉄蔵が幾五郎を見た。雲母摺りとまでは幾五郎も思わなかったようで、鉄蔵の視線を受けながら、肩をすくめている。

「ついては、お前ぇたちのなかから絵師を選びてぇと思う」

「じゃあ俺だな」

握りこぶしを突き出し、勝ち誇ったように鉄蔵が言った。それから他の三人を睥睨《へいげい》する。

「幾は手前ぇで言うように、絵は手慰みだ。瑣吉は論外。この人の絵の下手さは、親父だって知ってんだろ」

鉄蔵が十郎兵衛を指さしながら言った。

十郎兵衛は大名お抱えの能役者でありながら、絵が好きだという理由で耕書堂に出入りしている変わり者だ。幾度か蔦重もその絵を見ているが、たしかに端正だとは言い難い。しかし鉄蔵が言うように、下手だとは思わなかった。師について学んだわけではないから、納まってはいない。だがその納まっていない危うさが、妙に気を引く不思議な絵だった。

「三座の役者を描くとなりゃ、一枚や二枚じゃねぇんだろ」

鉄蔵の問いに蔦重はうなずきで答える。

「だったらこなせるのは、俺しかいねぇじゃねぇか」

「お前に決めてるんなら、こいつらは呼ばねぇよ。まぁ、一人呼んでねぇ奴もいるがな」

瑣吉が申し訳なさそうに頭を下げた。

「そんだけの仕事だ。ちぃとは絵師にもいい思いさせてくれるんでしょうね」

上目遣いで幾五郎が言った。

「そりゃ、売れ行き次第だ。が、俺が本腰を入れて売り出すんだ。売れねぇわけがねぇ」

「じゃあ、あっしもやるっ」

「あっ、手前ぇっ、なに言ってんだ。お前ぇは戯作だけ書いてりゃいいんだよ」

幾五郎が挙げた手を、鉄蔵が無理矢理下げようとする。それをまるで他人事のように、十郎兵衛が陰気な目で見ていた。

「とにかく今日はお前ぇたちに、役者絵を描いてもらう。それを見て俺が決める。気ぃ抜いたもん描くんじゃねぇぞ」

「よっしゃ、じゃあ力ずくってわけだな。この際だ。俺とお前ぇたちの差がどんだけのもんか、しっかりと見せてやろうじゃねぇか」

「奉公人たちの部屋に一人ずつ入って描いてこい。出来た奴から俺んとこに来い。二枚も三枚も持ってくるんじゃねぇぞ。一枚だ。一枚で勝負しろ」

「わかってらぁ」

目を血走らせて答えた鉄蔵が立ちあがる。続いて三人も腰を浮かせ部屋から去った。

「さて」

袖に手を入れ腕を組み、ちいさく息を吐く。誰がはじめに戻って来るか。四人はどんな絵を描いて来るか。楽しみでならない。久方ぶりに心が躍っていた。評価はあくまで絵を見て決める。速さや意気込みはいっさい問わない。成り行きで参加することになった瑣吉が選ばれることも、十分に考えられる。

「親父っ」

障子戸のむこうに大きな影が立っている。鉄蔵が戻って来た。まだ四半刻も経っていない。

「入れ」

勢いよく戸を開き、鉄蔵が大股で蔦重の前に座る。

「ほらっ」

手にした絵を眼前にかかげる。問わずとも解る。演目は暫《しばらく》。団十郎《だんじゅうろう》の鎌倉権五郎《かまくらごんごろう》であった。前髪が残る鬢の左右に五本ずつ太い毛が突き出している。胸から上を描いた大首絵ではあるが、鎌倉権五郎の特徴とも呼べる大太刀が背景にあしらわれていた。勢いのある気持ちのいい絵である。

「ずいぶん速《はえ》ぇじゃねぇか」

「こういう物は数描きゃいいってもんじゃねぇ。手前ぇの魂を一枚に注ぐ。それで十分だ」

勝川派に学び、みずからの道を追求するために一門を飛びだし、生きることのすべてを絵に注ぐ鉄蔵らしいひと言である。しっかりとした素地があるから、己の全てを一枚に注ぐことができるのだ。腕と心意気が揃ってなければ、これほどの自信は培われない。鉄蔵の描いた団十郎は、それだけの大言を認めさせるだけの逸品であった。

「よし。ここで待て」

「おい親父。もう他の奴を呼んできていいんじゃねぇか」

「全部見てから決めると言っただろ。待つのが嫌なら、帰れ。誰にしたかはあとで教えてやる」

「待つよ。待てばいいんだろ。こんなことなら、部屋で寝てりゃよかったぜ」

口を尖らせながら、鉄蔵が部屋の一番奥に腰を落ち着ける。

それから四半刻。

「旦那、幾五郎でやす」

「入れ」

「遅《おせ》えっ」

障子戸を開いて中を覗く幾五郎に、鉄蔵が毒づいた。にやけ面でぺこぺこと頭を下げながら、幾五郎が蔦重の前に座った。

「では、これで」

ほっかむりをした男と女が並んでいる。

「世話狂言か」

「恋飛脚大和往来の梅川《うめがわ》と忠兵衛《ちゅうべえ》でさ」

上方で浄瑠璃作者を目指していた幾五郎らしい選択である。飛脚屋の若主人、忠兵衛と傾城《けいせい》梅川の心中物だ。これから死ににゆく道行きの哀れさが、二人が交わす目線から伝わってくる。鉄蔵の団十郎が放つ覇気は無いが、しっとりとした哀愁が漂っていた。

「よし、ここで待て」

「へぇ」

未練たらしいことはいっさい言わず、幾五郎が素直に鉄蔵の隣に座る。

それから一刻ほど三人は待った。話の種も尽き、鉄蔵は寝転がっている。幾五郎も足を崩して欠伸をしながら、必死に眠気に耐えていた。

「旦那、酒でも……」

「なら俺ぁ甘ぇもん」

「大人しく待ってろ」

痺れをきらした二人を怒鳴りつけ、蔦重は瞑目したまま待つ。

「あ、あの」

瑣吉の声が聞こえた。

「入りやがれっ」

蔦重より先に、鉄蔵が怒鳴る。朱い陽の光に照らされた瑣吉の影が、障子の向こうで跳ねた。

「出来ました」

おそるおそる瑣吉が蔦重に絵を差しだす。

「うむ。待て」

「速ぇな。なにを描いたかくれぇ聞かねぇのかよ」

「俊寛《しゅんかん》だろ」

鉄蔵の言葉を受けて蔦重が問うと、瑣吉がちいさくうなずいた。鬼界島の岩場で都に戻る舟に手を伸ばす俊寛の無念な姿が描かれている。化け物の絵でも見ているのかと思うほど、情念の籠ったおぞましい絵だ。これでは無念というより怨念である。幾五郎の隣に瑣吉が座ると、鉄蔵が仰向けになって大きく伸びをした。

「もういいだろ。最後はあの下手糞だぞ」

「待つのが嫌なら帰れと言っただろうが」

「乗りかかった船だ。待つ」

「だったら瑣吉みてぇに、しっかり座ってろ」

「こいつは今来たばかりじゃねぇか。一番長く待ってんだぞ俺ぁよぉ」

悪態を吐きながらも、鉄蔵が起きあがり胡坐をかく。

重苦しい気に包まれたまま、四人はそれからまた半刻ほど待った。陽はとっくに沈み、部屋には火が灯っている。

いきなり障子戸が開いた。

「ぬおぉっ」

廊下に座っている十郎兵衛を見た鉄蔵が、素っ頓狂な声を上げた。

「声ぐれぇかけろっ。びっくりするじゃねぇか」

「ふふ」

陰気な笑い声をひとつ吐いて、十郎兵衛が音もたてずに蔦重の前に座った。

「これで」

それだけ言って差しだしてきた絵を見て、蔦重は右の眉を思いきり吊りあげた。

誰を描いたのかわからない。特徴的な意匠はまったくなかった。単衣《ひとえ》姿の町人である。四角い顎で細い目の上に黒々とした眉が描かれていた。

「こりゃいってぇ、誰だ」

「中村此蔵《なかむらこのぞう》」

「ん、中村……」

言われてもまだ、ぴんとこない。

「此蔵」

「誰でぇ、そいつぁ」

蔦重の心に浮かんだ言葉を、鉄蔵が声にする。気付けば背後に鉄蔵が立ち、絵を覗きこんでいる。

「なんだこりゃ、重箱の化け物みてぇなおっさんじゃねぇか」

言い得て妙である。たしかに重箱の化け物だ。

「端役《はやく》ばかりでまだあまり知られてませんが、なかなかしっかりとした仕事をする」

ぼそりと十郎兵衛が言った。

蔦重は芝居が好きだ。たびたび小屋にも足を運んでいる。だが中村此蔵と言われても、正直顔が思い浮かばない。ただ、こういう風貌をした役者が、たしかに幾度か目に付いてはいた。もしかしたらその役者が、十郎兵衛の言う中村此蔵なのかも知れない。そんな役者だから、似ているかどうかは解らなかった。

だが……。

十郎兵衛の絵には奇があった。

手ほどきを受けていないから粗削りではあるが、人の目を引く力がある。現に鉄蔵も、幾五郎や瑣吉の時には見向きもしなかったのに、十郎兵衛の絵を覗きにやってきていた。

「相変わらず下手糞だな」

鉄蔵の言葉が負け惜しみに聞こえてならない。悪口を言われているのに、当の十郎兵衛はいっこうに動じる気配はなかった。自分で描いた絵を見つめて、ひと言も発しない。

「決めたぞ」

蔦重が言うと、十郎兵衛以外の三人が身を固くする。

「斎藤さんよ」

この男は阿波侯お抱えの能役者で、身内ではない。能役者といえど士分である。侍だ。敬意を払うのは当然だ。蔦重は懐から折り畳んだ紙を取りだして広げてみせた。そこには京伝が書いた名が記されている。

「しゃらく」

鉄蔵が読んだ声に、蔦重はうなずいてから、十郎兵衛に語りかける。

「あんたは今日から写楽だ。ただ写楽ってのもあれだな」

「おいおい、親父」

鉄蔵がなにかを言おうとしているのを無視して、蔦重は考える。

「斎藤十郎兵衛……。斎藤十……。藤十……。藤十斎。よしっ」

膝を打つ。

「東洲斎写楽。それがあんたの画号だ」

「正気かよ親父っ」

鉄蔵にうなずく。

「こんな奴に雲母摺り大首絵を任せるってのかよ。どう考えたって俺の方が……」

「蔦屋重三郎が決めたんだ。誰にも四の五の言わせねぇ」

鉄蔵はこれから先も、どこかで浮きあがる目がかならずある。この男は間違いなく将来一端の絵師になる。

しかし十郎兵衛にはここしかない。

芝居好きで、人の目を引く絵を描く十郎兵衛こそ、蔦重の心意気を託すだけの男だと思った。この能役者を立派な絵師に仕立て上げることができるのは己以外にはいない。

「受けてくれるよな」

十郎兵衛は黙ったまま固まっている。

「嫌とは言わせねぇぜ」

「勝手にしろっ」

怒鳴りながら鉄蔵が立ちあがる。

「やってらんねぇぜ。おい幾、瑣吉。呑みに行くぞっ」

どかどかと足音を鳴らしながら、鉄蔵が部屋を出る。幾五郎と瑣吉が蔦重に頭を下げて後に続く。二人きりになると、十郎兵衛がねばっこい声を吐いた。

「本当に私でいいんですか」

「あんたしかいいねぇ」

「では、やらせていただきます」

深々と頭を下げた十郎兵衛の肩に触れる。

「頼んだぜ」

東洲斎写楽誕生の瞬間であった。

其ノ伍　十郎兵衛が壊れる

辛い。

叔父が口ずさむ拍子に合わせ、脳裏に型を思い浮かべながら斎藤十郎兵衛は指先に気を遣る。能は舞台の上での立ち位置から細かい所作にいたるまで、型が定まっている。心の赴くままに演じることは許されない。

まず型ありき。

先人たちが培ってきた型を十分に躰に染み込ませなければ、みずからの想いを所作に滲ませることなど到底できない。だから繰り返し繰り返し、型をなぞるしか上達の道はないのだ。

春藤《しゅんどう》流にいる叔父、斎藤治《じ》右《え》衛門《もん》に頼み込み、地謡《じうたい》からワキ方へと移って一年そこそこ。演者として舞台に立つなどまだまだ先のことであった。

「止めっ」

怒りを孕んだ叔父の声が十郎兵衛を律する。指先まで気を張り五本の指を揃えた掌を額の前の虚空で止めたまま、十郎兵衛は固まった。叔父に背をむけている。縁側が軋んだ。立ったのであろう。草履が土を摺る音が近づいてくる。

「おい十郎兵衛」

呼びかけられてやっと十郎兵衛はみずからの戒めを解き、腕を下ろして叔父へと顔をむけた。

猫の額ほどの我が家の庭である。阿波蜂須賀家お抱えの能役者。禄は五人扶持だ。八丁堀地蔵橋近くの長屋同然の屋敷に住んでいるのだから、庭があるだけでも贅沢といえた。

およそ甥にむけるものとは思えぬほど怨嗟の念がこもった目で叔父が十郎兵衛を見る。そして吐き捨てるように言った。

「気が乗らんのなら止めるぞ」

「いや」

ぼそりとそれだけ答える。

「稽古をするのが嫌なのか、否まだ稽古を頑張りたいの否なのか、わからん」

昔からこの叔父とは反りが合わない。と言うより、口から言葉を吐き二本足で歩く生き物の大半と、十郎兵衛は反りが合わなかった。

生来、無駄な言葉を吐くことが面倒臭かったから、誰よりも無口になる。そのうえ情を顔に顕わさないから、機嫌が悪いと勘違いされた。機嫌が良かろうと悪かろうと、それを余人にぶつけるようなことはないのだから、構わずにいてくれれば良いのに、なぜか人はこちらの機嫌を気にする。面白い話をしている時は聞いているこちらも楽しそうにしなければならないし、腹の立つ話の時には怒ってやらなくてはならない。それができないと、機嫌が悪いのかと聞いてくる。違うと答えても仏頂面は変わらないから、けっきょく十郎兵衛はいつも機嫌が悪いと断じられ切り捨てられ、その後はそれなりにしか相手にされない。

目の前の叔父も、幼いころからさんざん繰り返してきた機嫌の良し悪し問答の末に〝面倒〟という文字が大きく彫られた烙印を十郎兵衛に押した。

丸い鼻の穴から溜息を吐き出しながら、叔父が腰に手をあて語る。

「御主がワキ方をやりたいと申す故、師に頼み込んで地謡から移してやったのだ。だというに一年経って覚えた演目は片手で足りる。やはり御主は地謡の方がむいておるのではないか」

「いや」

「それ以外に言うことはないのか。もっと身を入れて精進せぬと、物にならんぞ」

稽古のたびに叔父が吐く言葉だった。

私はいま頑張っております、などという言葉は吐けないし、必死な形相もできない。だからといって身を入れていないわけではないのだ。十郎兵衛なりに努力はしている。稽古の間、気を抜くようなことは一時たりとてない。真剣にやっているつもりだ。

ふと、耕書堂の居候の顔が浮かんだ。

幾五郎ならば叔父の望む顔をし、求める言葉を吐き上手くやるだろう。人の機嫌を取ることにかけては一流の才を持つあの男であれば、叔父も機嫌良く稽古をつけるはずだ。しかし十郎兵衛は幾五郎にはなれない。仏頂面に溜息を吐かれながら、稽古を積むしかなかった。

「与右衛門《よえもん》もじきに元服であろう。父である御主がこの体たらくでは、死んだ兄も孫の行く末が心許なかろうて」

死んだ父の名が与右衛門、息子の名も与右衛門。十年後か二十年後かに生まれるであろう孫の名は十郎兵衛である。斎藤家は代々、十郎兵衛と与右衛門を交互に受け継ぐことになっていた。

「しっかりせんかっ十郎兵衛」

いきなり背を叩かれて息が止まる。生温い掌の感触が肌に残って気持ち悪い。叔父は叱咤のつもりであろうが、十郎兵衛にとってはただただ煩わしいだけの行為である。だからと言って機嫌の悪さを満面に顕わして、にらみつけるような真似はしない。ただひと言「はぁ」とつぶやいてうなずくだけだ。そんな甥の姿にこれ見よがしの溜息を吐き、叔父が肩を落として縁側へと歩む。

庭に気だるそうに草履を脱ぎ捨てると、節の目立つ縁にどかりと腰を下ろした。

「そもそも御主は役者にむいておらん」

言われて腹が立つ。ワキ方として舞台に立った十郎兵衛を一度も見たことがないくせに断言するのは早計というものだろう。しかし抗弁するのも面倒だった。短絡を地で行く叔父である。早計だなどと口にすれば、数倍もの量の反論が返って来る。しかもその大半が、怒りに任せた的外れの悪口雑言になるのは目に見えていた。誹謗中傷の矢で針鼠になるのだけは御免だ。けっきょくまた十郎兵衛は口をつぐんでうなだれる。

「何故、ワキ方になろうと思った」

答えたくはなかった。なぜならそれは、十郎兵衛の心の最奥にある密かな想いに起因しているからだ。

目立ちたい……。

これは、これだけは口が裂けても誰にも聞かせることのできない想いだ。十郎兵衛の底には、誰よりも注目されたいという衝動が物心ついたころからあった。無口で感情を顔に出さないからといって、人目を避けて生きていきたいと思う者ばかりではないのだ。いや、そもそも口をつぐみ、能面のごとき顔になったのも元を辿れば目立ちたいという衝動の顕れだったような気がする。騒がしい子供たちのなかで、一人だけ黙っていれば目立つ。そんな打算の末に口をつぐみだしたような気がしないでもない。しかしこの辺りのことは、三十三年の歩みのなかで十郎兵衛自身にもわからなくなっていた。もはや何事にも動じぬ性分であったようだ。

「止めじゃ止めじゃ」

いっこうに返答しない甥に失望した叔父が、気合をひとつ吐いて立ち上がった。

「今度の稽古は五日後じゃ」

腹を立てても律儀に稽古を付けてくれるところが、この叔父最大の美点であった。

眉間に深々と皺を刻みながら蔦重が紙を見つめている。いまにも音がして割れてしまいそうなほどに唇をゆがめていた。

「うぅん……」

背筋を正して座る十郎兵衛の目の前で、蔦重が部屋を揺らさんばかりの重いうなり声を吐いた。

「此蔵の絵を見た時にゃあ、あんたしかいねぇと思ったんだがなぁ」

絵をずらし、紙の端から右目だけをのぞかせて耕書堂の主が十郎兵衛をにらむ。剣呑な視線を端然と受け止めながら、十郎兵衛は微動だにしない。手を置いた膝の前に、ひらひらと紙が舞い落ちる。礬水が引かれた紙の上で、への字口の奴江戸《やっこえど》兵衛《べえ》が十郎兵衛をにらんでいた。今度の五月狂言、河原崎座の恋女房染分手綱《こいにょうぼうそめわけたづな》で三代目大谷鬼次《おおたにおにじ》が演じることになっている。

「目線をこっちにむけなくていいんだよ。芝居の役者絵なんだ。舞台の上で演じてる様を描きゃいい。これじゃ鬼次が客を見てんじゃねぇか」

「はぁ」

先刻、叔父に返したのと同じような言葉にもならない声で、十郎兵衛は答えた。しかしいま江戸でもっとも勢いのある書肆の主は、そんな些末なことで苛立ちを露わにするほど狭量ではない。煙管を咥え腕組みをしながら、口の端に微笑を浮かべて十郎兵衛を見やる。

「どうもしっくり来てねぇようだな」

「いや」

「斎藤さん、あんた歌舞伎が好きなんだろ」

「はい」

好きだと言っても木戸銭を払って観にゆくわけではない。小遣い稼ぎのため囃子方《はやし》の手伝いで、三座に出入りしていた。その合間の舞台袖や、仕事の際に御簾《みす》の裡《うち》から視ているだけだ。でもたしかに歌舞伎は好きである。能のように型にこだわらないところが気に入っていた。歌舞伎にも型のようなものはあるが、役者はそれにとらわれない。役者によって演じ方が違うし、ある役者が行った所作が、その後の型になるということもある。

「だったらもっと、好きなように描いていいんだぜ」

蔦重が言っていることの意味が理解できない。十郎兵衛は好きに描いているつもりだ。たしかに目線については直す必要があるだろうが、他の点においてはおかしいところは見当たらない。写楽を決める際に描いた此蔵と、眼下にある鬼次に差などなかった。

「わからねぇかい」

うつむいて己の絵をじっと見つめる十郎兵衛に蔦重が問う。声につられて顔を上げた十郎兵衛の前で、耕書堂の主は煙管で火鉢を叩く。雁首に口を近づけ短い息を吹きかけてから、ふたたび十郎兵衛に目をむけた。

「止まっちまってんだよ」

「止まっている……。絵がですか」

蔦重が大きくうなずいた。

当たり前のことを言うではないか。絵は止まっている。絵が紙を飛び出して勝手気ままに動いたら、これほど恐ろしい物はない。それは役者絵ではなく怪談である。

「おいおい、本当に動き出しちまうわけじゃねぇんだよ」

心を見透かされたかのごとき言葉に、十郎兵衛は思わず目を背けた。

「勢いのある絵ってのは、止まってるのにいまにも動き出しちまうんじゃねぇのかと思わせる力がある。が、この鬼次からは毛ほどの力も感じねぇ。あんたも能役者なんだから、その辺のところはわかるんじゃねぇか」

答えられない。というより、わからない。型を忠実に再現しているだけでも、たしかに演者によって趣や気配、舞台の雰囲気は変わる。力のある演者が舞えば、面が命を得たかのように生々しく動いているように見えると言う者もいるのはたしかだ。しかし十郎兵衛には理解できない。木彫りの面が動くわけはないし、紙の上の絵も同じくである。

「困ったね」

得心の行かぬ風の十郎兵衛を見て、耕書堂の主は溜息を吐いた。

「人の作った物を見て心が震えなけりゃ、なにかを作るなんて無理だ。いや、作ることはできるかも知れねぇが、誰かの心を震わせることはできねぇよ」

「そんな物ですか」

「あんた、歌舞伎が好きなんだろ。稼業は能役者だ。心が震える想いを何度もしてきてるんじゃねぇのかい」

「それと私の絵になんの関係があるんですか」

延々と高説を垂れられ、いささか腹が立った。十郎兵衛は想いを正直に舌に乗せる。語気が多少荒くなったのは仕方が無い。

「おっ、斎藤さん怒ったね」

なぜか蔦重は嬉しそうに笑った。

「はぐらかさないでください」

「はぐらかしてなんかないよ。あんたが心を動かしたから笑ったんだよ」

「それがはぐらかし……」

「ぐだぐだ言ってねぇで、もっと自分の気持ちに正直になんな」

言葉を切られて苛立ちがいっそう募る。怒りが顔に出ていることが自分でもわかったが、取り繕おうとは思わなかった。そんな十郎兵衛を見て、蔦重の口許がなお吊り上がる。

「あんた絵が好きなんだろ」

だからこの店に出入りしている。

「好きってことは、描いていて楽しいはずだ」

たしかに筆を持ってなにかを描いていると、時を忘れるくらい没頭してしまう。それを楽しいと言うのなら、きっとそうだろう。

「楽しいんなら、素直にそれを出せばいい」

「どうやって」

「描いてる最中に踊ってもいいんだぜ。楽しい楽しい言いながら描いても面白れぇ。幾の野郎なんか、戯作の仕込みやってる時、字ぃ書きながら一人でごにょごにょ言って笑ってやがるぜ」

気色の悪い男だ。そんな奇行になんの意味があるというのか。

「とにかく上手く描こうだとか、小器用に纏めようなんざ思って邪念に縛られてっと、筆が重くなっちまう。そういう筆から生まれた絵は、どうしたって止まっちまうんだ。いまのあんたの絵がそれだ。此蔵はよかった。恐らく、自分なんか選ばれるはずがねぇ、どうせ鉄蔵あたりになるんだろなんぞと思って、好き勝手に自分の好みの役者を描いたんだろ」

図星である。

「だからあの絵には動きがあった。芝居の化粧もしてねぇ顔が役者に見えたし、今にも舞台の上で動き出しそうだったぜ」

「上手く描かなくても、売り出してくれるんですか」

「さぁな」

煙管に煙草を詰めながら、蔦重が無責任に言った。

「でも、俺はあんたの絵に賭けたんだ。あんたが描けねぇとなりゃ、この話はご破算だ」

蔦重の言葉が肩に重くのしかかる。河原崎座に懇願されての今回の話がご破算となれば、蔦重の顔も潰れてしまう。

「だから、そうやって硬くなっちゃいけねぇって言ってんだ」

いつの間にか吸い終えていた煙草の灰を灰吹きに落としながら、蔦重が溜息とともに言葉を吐いた。

「少し気晴らしでもしてきたらどうだい。そういやぼんくら共が揃って、どっかに行こうとしてたぜ」

ぼんくら……。

幾五郎たちのことだ。

「はぁ」

生返事を返し、十郎兵衛は重くなった肩を落として蔦重の部屋を後にした。


耳ざわりなほど派手な音をたてて鉄蔵が汁粉を吸う姿から、十郎兵衛は眉根に皺を寄せながら目をそらした。本所に来ている。机を挟んで目の前には瑣吉が座り、窓に面した瑣吉の隣に鉄蔵がいた。

「帰ってきやすかね若旦那」

十郎兵衛の隣に座る幾五郎が、気楽な声で鉄蔵に語りかける。汁粉の椀を口から外さず、耕書堂の居候にも答えずに、鉄蔵はじっと窓の外を見ていた。人が忙しなく行き過ぎる夕刻の往来の先にある薬種問屋を、さっきからずっとにらんでいる。店の名前は黄林堂という。写楽を選ぶために蔦重に呼ばれた際、鉄蔵が自分の長屋の隣でこの店の若旦那を見たと言っていた。

「ねぇ鉄蔵さん」

「黙ってろ」

なおも言い募ろうとした幾五郎に目も合わせず、鉄蔵が椀を卓に置いた。

「ったく、ちょっと見張ったところで何も起こりゃしねぇのによ。って言うか最早、事が起こった後じゃねぇか。それにしたって、誰かが殺したってわけじゃねぇ。長唄の師匠は自分で首括って死んだんだ」

相変わらずの立て板に水で一気にぼやくと、幾五郎は瑣吉に目をむけた。下駄屋の婿養子は愛想笑いを浮かべてうなずいただけで受け合おうとしない。仕方無くといった様子で、耕書堂の居候は己の隣を見る。

「ですよねぇ斎藤さん」

問われたところで、答える言葉が見つからない。それに、三人で出かけようとしていたところを、後ろから付いて来た身である。不満を口にする立場ではなかった。幾五郎の視線から逃れるために、卓に置かれた己の分の汁粉に手をやった。あまり甘い物は好きではなかったが、鉄蔵は店に入ると誰にも聞かずに同じ物を四つ頼んで黙り込んだ。生温くなった椀を掌で包み持ち上げる。縁に口をつけ、煮込まれた小豆を音もたてずに啜った。

甘い。

それ以外の感想が見つからなかった。

「さすがは阿波侯お抱えの能役者様だ。お上品な食べ方をなさりますな」

誰にむけることもできぬ鬱憤を嫌味に変えて語る居候を、十郎兵衛は横目でにらんだ。

「うるせぇ黙ってろ」

厳しい鉄蔵の声が二人を叩く。完全なとばっちりである。

「おい、帰ってきたぞ」

窓外をにらんだまま固まっている売れない絵師の声に、三人がいっせいに薬種問屋へと目をむける。いかにも人のよさそうな優男が、若い女を連れて店に戻ってきた。若い手代がひれ伏さんばかりに頭を下げるのに気さくに声をかけながら、男が暖簾をくぐる。

「いい女ですね」

男の後ろをついて店に入ってゆく女だけを凝視しながら、幾五郎が呆けた声を吐く。たしかに顔の造作は申し分ない女である。現に手代も若旦那に挨拶をしながら、横目でしきりに女を見ていた。

「ありゃ、今度あの若旦那んところに嫁に来るとかいう日本橋の笠鶴屋の娘ですよ」

「なんだそりゃ」

幾五郎のつぶやきに、鉄蔵が問う。

「いや、あのあと気になって蔦屋の旦那に内緒で店の者に聞いてまわったんですよ。そしたらあの若旦那、今度嫁を貰うらしいんでさ。この前、耕書堂に来たのはその挨拶がてらだったとか」

「笠鶴屋といったら大店じゃないですか」

瑣吉が驚きの声を吐く。

「そうよ大店も大店。こんな本所の薬種問屋に娘をやるような店じゃねぇよ」

ようやく乗ってきた面々に、幾五郎が嬉しそうに答える。

「なるほどな……」

箸を手にしたままの右手を顎に当てながら、鉄蔵が虚空をにらみつぶやいた。箸の先にあった汁が頬に移ったことにも気づいていない。

「鉄蔵さん。ほっぺたに汁粉食わせながら、なに神妙な顔してんですかい」

幾五郎が楽しそうに顔を突き出す。しかし当の鉄蔵は、頰を濡らしたまま、なにやら考え事をしている。

「おめぇたち、あの優男をどう見た」

虚空をにらみつけたまま、鉄蔵が問う。

「暖簾を潜るまでのちょっとした間しか見てやせんが、なかなかの色男じゃねぇんですかい」

調子のよい耕書堂の居候の言葉を、鉄蔵は不服そうに聞き流した。

「人がよさそうですし、店の者からも好かれているようですね。まぁ、手代一人の応対を見ただけですから本当のことはわかりませんが……。大それたことができるような人には見えませんでした」

小声で言った瑣吉に、鉄蔵が剣呑な視線を送る。

「大それたことってなんだよ」

小心者の瑣吉はもごもごと口籠った。

「大それたことってなんだって聞いてんだよ。おめぇはなにか。あの男が、長唄の師匠を殺したとでも思ってんのか」

「い、いやそういうわけじゃ」

「思ってんのは鉄蔵さんでしょうよ」

戸惑う瑣吉に幾五郎が助け舟を出す。武骨な絵師の目が、飄然とした居候にむく。しかし幾五郎はどこ吹く風といった様子で、よく回る舌に言葉を乗せた。

「わざわざこんなところに出向いて、店に入るでもなく話しかけるでもなく、遠目で見るだけなんて七面倒臭ぇことすんのも、まだ長唄の師匠の首吊りにこだわってるからでしょう」

「おめぇだって面白がってたじゃねぇか」

「生き死にを面白がるなんざ、犬にも劣る行いでさ」

この言葉にはさすがの十郎兵衛も笑いをこらえきれなかった。これまで長唄の師匠の自死の話が出るたびに、誰よりも乗り気だったのは幾五郎である。苦し紛れの言い逃れとはいえ、いまの言葉はあまりにもらしくない返しであった。

ずっと黙っていた十郎兵衛の笑い声に気付いた鉄蔵が、幾五郎との問答を切り上げ怒りに燃える瞳を横にむけた。

「あんたはどう思った」

唐突な問いに十郎兵衛はおもむろに往来の先に見える暖簾を見た。藍色に染め上げられた布地に、柏の紋と店の名が白く抜かれている。夕暮れの風に吹かれた暖簾のむこうに、店先に座る若旦那と許嫁の足がちらりと見えた。

「どうなんだよ」

答えない十郎兵衛に業《ごう》を煮やした鉄蔵が問いを重ねる。

「あの男はなんでもやるだろう」

店を見つめたまま吐いた陰気な声に、みなが押し黙る。しばしの気まずい沈黙の後、鉄蔵が切り出した。

「なんでもやるってなどういう意味だ」

「そういう意味だが」

この愚かな男と長い問答をするつもりはなかった。単純で屈託というものがない。己がこうと思ったことのためならば、たとえ周りがみなそっぽをむこうと突き進む。

猪と語らいあっても不毛なだけである。

「祝言を挙げることが決まったから、邪魔になった長屋住まいの女を殺したってことか」

「あの男は、あんたみたいに強引じゃない」

「どういう意味だ」

「まぁまぁ」

鼻の穴を大きく膨らませながら身を乗り出した鉄蔵を、幾五郎が両手で諌《いさ》める。掌で猪を押し留めつつ、横目で十郎兵衛に問う。

「十郎兵衛さんの話を聞いてっと、あの男は誰かに言われたら、なんでもするとしか聞こえねぇんだが」

鉄蔵とは違い、幾五郎は察しがいい。はなから十郎兵衛はそう言っている。

「どういうことだ、幾」

座り直して鉄蔵が問う。思えばこの男は、先刻からずっと三人に問い続けていた。自分の考えはないのかと疑いたくなる。

「いやね、斎藤さんは多分、あの男はてめぇではなにもできねぇが、人に言われれば否とは言えずになんでもやると言いてぇんじゃねぇですかい」

「あの女……」

幾五郎の言葉を十郎兵衛は継ぐ。

「見た目にごまかされると痛い目を見るぞ」

言って笑った十郎兵衛の幽鬼のごとき形相に、三人がそろって唾を呑んだ。

引きずられるようにして鉄蔵の長屋へと連れて来られた。稽古は五日後だから、今宵は耕書堂の作業部屋に泊まって絵を描こうと思っていたのだが、鉄蔵と幾五郎の勢いに呑まれて薄汚い部屋に座っている。胡坐をかいた膝の前には白く濁った酒が満ちた湯呑が置かれていた。幾五郎は椀、瑣吉は猪口とそれぞれ別の器に酒が注がれている。この屋の主は酒が一滴も呑めぬから、水の入った茶碗を手にしていた。鉄蔵が清んだ水を呑んでいると、四人のなかで誰よりも酒好きに見える。

「耕書堂に戻って絵を描きたいのだが」

「うるせぇ」

鉄蔵がどなった。なぜだか知らないが部屋に着いてからずっと、鉄蔵が睨んでくる。気持ちが悪いから、十郎兵衛は目をそらし続けているが、鉄蔵はやめようとしない。

「絵が描きたかったんなら、どうして黄林堂に付いてきた。一緒に行こうなんて誰も言ってねぇよな」

吐き捨てた鉄蔵が幾五郎と瑣吉を見遣った。瑣吉は申し訳なさそうに十郎兵衛をちらちら見ながら肩をすくめ、幾五郎はあっけらかんと肯定の言葉を鉄蔵に返す。

「確かに言っちゃいやせんぜ」

「だよなぁ。てめぇから付いて来てんのに、早く店に戻りてぇってのはねぇんじゃねぇのかい。なぁ能役者さんよ」

十郎兵衛は曲がりなりにも阿波侯お抱えの能役者である。れっきとした士分だ。町人である鉄蔵の物言いは無礼だ。しかし、この愚か者はこういう男である。無礼などと大上段に振りかざせば、余計に厄介なことになるのは目に見えていた。だったら斬ってみろなどと、喰ってかかられると面倒極まりない。第一、十郎兵衛は刀を差していない。

「おい、なんとか言いやがれ。だいたい、いつもいつも俺たちのことを下に見てやがるくせに、金魚の糞みてぇにくっついてきやがって。迷惑なんだよ、この野郎」

「金魚の糞だなんて、なにもそこまで言うこたねぇじゃねぇですか。ねぇ……」

強張った笑みを口許に張りつかせながら幾五郎が鉄蔵を制してから十郎兵衛を見た。

「止めんじゃねぇ幾。今日こそは腹に溜まってるもん全部吐き出さなきゃ俺ぁ止まんねぇぞ」

言って立ち上がった鉄蔵の棒のような人差指が、十郎兵衛の額をさす。

「今日だってそうだ。黄林堂の若旦那と許嫁を見て言ったことが、おめぇという男を顕わしてらぁ。まるで殿様にでもなったように、高みから見下ろしやがって。そうやってなんでもかんでも上から見て嘲笑ってるつもりだろうがな、おめぇは所詮、微禄のお抱え役者でしかねぇんだよ」

「なんだいもう酔ってんのかい」

「俺ぁ酒は呑めねぇっ」

幾五郎の軽口を正面から受け止めて返すが、鉄蔵の血走った目は十郎兵衛に定まったまま動かない。鬼瓦が叫ぶたびに巨大な飛沫《しぶき》が顔にかかるのが、気持ち悪くて仕方が無い。馬鹿の長すぎる雄叫びなど無視して帰ってもよかったのだが、なにかひと言返してやらないと気がすまない。

「本当は俺たちの仲間になりてぇんだろが。だから瑣吉の幽霊みてぇに、じっとりとした目で付いて来るんだろが」

「な、なんで私なんですか」

本当の幽霊に憑《つ》かれた姿でも夢想したのか、瑣吉がぶるりと肩を揺らした。下駄屋の声など耳に入らなかったのか、鉄蔵は吠えるのを止めない。

「仲良くなりてぇんなら素直にそう言えばいいじゃねぇか。そうやって自分の殻んなかに籠ってばかりいるから、絵も止まっちまうんだろが」

今日の昼、蔦重に言われたばかりのことを鉄蔵が口にした。

「なんでそんなことを知っている」

思わず十郎兵衛は問う。鉄蔵は鼻息を荒くして悪びれもしない。

「おめぇと蔦屋が話してんのを廊下で聞いたんだよ。って言うか、おめぇが描いた物を見て、俺も同じことを思ってたがな」

まるで悪戯《いたずら》のばれた子供である。言い訳にもなっていない。

「盗み聞きとは無粋な」

ぼそりと言って目の前の湯呑に手をやる。

「ばっ、馬鹿野郎っ。盗み聞きなんかしてねぇっ。ただ厠に行ったついでに……」

「ばれちまいましたね。鉄蔵さんの所為で」

幾五郎が素直に白状した。

「言うんじゃねぇっ」

腹だたしい……。

どうしてここまで好き勝手に言われなければならないのか。

湯呑に満ちた酒を一気に飲み干す。

「だ、大丈夫ですかい」

「もう一杯」

聞いてきた幾五郎に湯呑を差し出す。耕書堂の居候は素早く酒壺を手に取り、器用に酒を注いだ。十郎兵衛は立て続けに飲み干すと、勢いよく湯呑を置いて腹から熱い息を吐いた。立ち尽くしたまま呆然と見下ろしていた鉄蔵を、据わった目で見返す。

「私が写楽に選ばれた腹いせか」

「んだと……」

鬼瓦の口角が吊り上がり、唇の隙間から力強く噛み締められた黄色い歯がのぞいていた。いまにも殴りかかってきそうな鉄蔵に、十郎兵衛はまったく臆することなく言葉を続ける。

「蔦重一世一代の大仕事に選ばれなかったことがそんなに悔しかったのか。だから私にそうやって嫌味を言っているのか」

「人を馬鹿にすんのも大概にしとけよ」

「馬鹿にしているのは鉄蔵、お前の方だ」

目を合わせたまま、はじめて鉄蔵と呼んだ。言われた鬼瓦が驚いて口を開き固まったが、本当に驚いていたのは十郎兵衛自身のほうだ。怒りと酒で自制が利かなくなっている。そんな己に戸惑いながらも止められない。立ち上がり、鉄蔵と真正面から向き合う。口からは想いがぼろぼろ零れだす。

「いつもいつも偉そうに勝手なことばかり言いおって。言われた者がどう思おうが、お構いなしじゃ。相手を慮りもせぬ下郎に、馬鹿にしておるなどと言われとうないわっ」

はじめて見る十郎兵衛の激昂に、幾五郎と瑣吉が言葉を失っている。二人身を寄せ合い、鉄蔵と十郎兵衛の争いを見上げていた。

「なんでぇ、はっきり物が言えんじゃねぇか。いつも黙って後ろから付いてきながら、頭んなかではそんなことばかり思ってたんだろ」

「悪いか。無口な奴が物を考えぬと思うたら大間違いじゃぞ。安易に言葉を振り回さぬ故、御主などより多くのことを考えておるのじゃ。なぁ瑣吉っ」

「へっ」

いきなり振られ、しかも普段会話をしない十郎兵衛からの言葉だから、瑣吉は今にも泣きそうな顔をしながら幾五郎に助けを求めている。しかし隣の居候は口から生まれてきたような男だが、あまりに唐突な展開に呆気に取られている。結果、二人してやはり肩を寄せて固まるしか術がなかった。

「そこまで言うんだから覚悟はできてんだろうな」

「なんだ、口で敗けたら手を出すか。そういうところが安易だと申すのだ御主は。拳で黙らせれば満足か。そんな奴は、いつかもっと強い拳に黙らせられて終わりじゃ」

「上等だ……」

鉄蔵の口許に張り付いていた笑みに殺気の震えが起こり、十郎兵衛は息苦しさを感じた。気づけば毛むくじゃらの腕が己の襟首をつかんで絞っている。

「ちょっ、ちょっと、やり過ぎだぜ鉄蔵さんっ」

幾五郎が割って入ろうとするが、鉄蔵は十郎兵衛を壁に押し付けたまま、ぐいぐいと襟を絞り上げる。

「ただ陰気なだけの奴かと思ったが、なんでぇしっかり話せるじゃねぇか。ちゃんと腹んなかに一物持ってることもわかった」

鼻先に鉄蔵の顎が触れそうだった。酒を呑んでいないくせに、甘ったるい匂いがする。そういえば先刻の店で幾五郎と瑣吉の分の汁粉も、この男が食べていたことを思い出した。

「おい斎藤十郎兵衛。阿波侯お抱えの能役者さんよ。一度しか言わねぇから、耳の穴かっぽじってよく聞けよ」

「こうやって締め付けられていたら、耳を触ることもできん」

抑えられている喉から声を絞りだして抗弁すると、鉄蔵は楽しそうに目を弓形に歪めた。

「聞こえてんなら、そのまんまで聞きな」

鉄蔵はそう言って、つかんだ襟首を一度みずからの方に引き寄せてから、十郎兵衛の躰をふたたび壁に打ち付けた。そして爛々と輝く瞳を十郎兵衛の湿った視線に無理矢理合わせて来る。

「俺ぁ、おめぇの絵をさんざん下手だなんだとこき下ろしてきたが、そりゃあ、ある部分ではおめぇに勝てねぇと思ってたからよ」

なにを言っているのかわからなくなるほど、息苦しかった。

「奇妙な絵だが、だからこそおめぇの絵は他の奴には描けねぇ」

「お、おい……」

手を緩めろと言おうとしたが、鉄蔵はみずからの想いの丈をぶつけることに精一杯で十郎兵衛の言葉など耳に入っていない。

「おめぇは俺にこんだけのことを言えるんだ。それでいいんだ。その躰んなかにある硬ぇ殻をやぶっててめぇをさらけ出してみろ。酒の力でもなんでも借りりゃいいじゃねぇか。面倒臭ぇことはなにも考えず、てめぇのありのままを紙にぶつけてみろよ。そうすりゃおめぇの大首絵は天下を取れる」

「鉄蔵さんっ」

朦朧としたなかに幾五郎の叫び声がはっきりと聞こえた。

「やり過ぎだって言っただろっ」

「あっ、す、済まねぇっ」

首の拘束が取れた刹那、十郎兵衛は糸が切れるように床に倒れた。


「大丈夫かい斎藤さん」

目覚めた十郎兵衛の視界に、幾五郎の顔が飛び込んで来た。

「半刻も目を覚まさねぇから、びっくりしたぜ」

そう言って笑う幾五郎を押し退けて、鉄蔵が十郎兵衛の上体を起こして肩を揺する。

「大丈夫かっ」

「あんまり無理に動かすと危ねぇよ」

幾五郎の制止も聞かず、鉄蔵の腕は十郎兵衛を揺らし続ける。

「ちょ、ちょっと止めてくれ」

「済まねぇっ」

揺すられている本人の言葉を聞いて、無礼な絵師はやっと手を止めた。

「鉄蔵さんの所為で台無しじゃねぇですかい」

「本当ですよ」

幾五郎と瑣吉が不服の声を漏らしても、鉄蔵は言い返さなかった。

「どういうことだ」

十郎兵衛は二人に問う。

「いやね、もうばらしちまいますが、蔦重の旦那がね。斎藤さんを元気づけてやれなんて言うもんですからね、鉄蔵さんがはりきっちゃって……」

口を尖らせ、大の男が拗ねている。先刻から十郎兵衛と目を合わせようともしない。

「本当に済まねぇ」

「もういい」

鉄蔵の手をむりやり肩から放して立ち上がる。

「だ、大丈夫か」

「心配されてばかりじゃ癪《しゃく》だからな」

言って肩の埃を叩《はた》く。

想いの丈をぶちまけたことで、なんだか腹の底がすっきりしていた。已の汚いところを見られた所為か、この三人との壁が低くなっているような気がする。

上手く描くことはない。小器用に纏めることもない。ありのままの己を曝《さら》けだす。いまならできそうだ……。

灯の届かぬ虚空を見つめて十郎兵衛は悪辣な笑みを浮かべた。

「店に戻る」

「じゃあ、あっしも」

「お前はまだここで呑んでいろ」

邪悪な視線を肩越しにむけると、腰を浮かしていた幾五郎がそのまま固まった。

「礼を言うぞ鉄蔵」

目も合わせずに言うと、十郎兵衛は土間に飛び下り、そのまま部屋を去った。


すでに店の者はすべて寝入っている。誰もいない地下の作業部屋に蠟燭の明かりがひとつだけ揺れている。燭台のそばに置かれた文机の前に座る男は、もうかれこれ一刻ほども筆を手にして笑っていた。

「ひひひひひいひひひひひひひひひひ……」

筆の先が紙に触れ、吸いこんでいた墨を吐き出す。流れ出す墨を一ヶ所に留めないように、流れるように動かしてゆく。

「近江屋《おうみや》ぁ……。その顎はなんだ、え、ひひひひ……」

己で描く絵に語りかけている。しかもその言葉は悪辣な物ばかり。描かれている本人が目の前にいたら、たちまち激昂して筆を取り上げ真っ二つに叩き折ってしまうであろう悪口雑言である。

男は女形を描いた紙を後ろに放り投げて、新たな紙を目の前に置いた。乾いた筆を硯に見もせずに運び、紙に筆先を付ける。脳裏に思い描いた線をなぞり、紙の上で筆を動かすが墨が足りず思うように描けない。

「あぁっ、もうっ」

かすれた線がひとつだけ引かれた紙を脇に寄せ、硯を寄せて墨を磨る。その間も、男は笑っていた。

「おい、大丈夫かい」

男は描くことに夢中で、背後にある階段の中程に息を潜めて座っている者たちに気付いていない。もちろん鉄蔵、幾五郎、瑣吉の三人である。先刻ささやいたのは鉄蔵だ。

「ありゃ、完全になにかに憑かれてやすぜ」

躰を小刻みに震わせながら幾五郎が小声で言うと、瑣吉は悲鳴を上げんばかりに肩を大きく上下させた。甲高い声が喉から口へ飛び出そうとした刹那、鉄蔵の大きな掌が下駄屋の口を力強く塞いだため、なんとか男に気付かれずに済んだ。

「あいつが描いてんの役者絵だよな。化け物じゃねぇよな」

「知りませんよ。あんな風にやってたら、役者の化け物ができちまうんじゃねぇですかい」

鉄蔵と幾五郎の軽口など、男の耳には入っていなかった。

「けへへへへ」

紙の上だけではなく、筆を虚空で回しながら描きなぐってゆく。舞い散る漆黒の飛沫が淡い灯火のなかに浮かび、血飛沫のようである。一枚また一枚と、物凄い勢いで役者が刻まれた紙が宙に舞ってゆく。

「あいつ、いってぇ何枚描いてんだよ」

さすがの鉄蔵の声も震えている。

「鉄蔵さん、あんたの所為で十郎兵衛さんが壊れちまったじゃねぇか」

「知らねぇよ。誰があんな風になるまで責めたてたよ。俺ぁ、煮え切らねぇ奴をちょっとばかし焚き付けただけじゃねぇか。まさか、あんな風に……」

鉄蔵が言葉を呑む。目の前の男の肩がわずかに上下し、あれほど暴れ回っていた筆がぴたりと止まったからだ。瑣吉は今にも倒れそうで、ふらつく躰を後ろに回した腕でなんとか支えている。

「ん、なんだ」

男がつぶやいた。三人は息を止めて必死に気配を押し殺す。男の禍禍しい気配に囚われて階段を昇ることすらできないでいた。歯車がこわれた細工物の人形のごとく、男の首がかくかくとぎこちなく回り、肩越しに階段のほうを見る。

「なにをしておる」

「ぎぃやぁぁぁぁぁぁぁっ」

店の者が寝静まった夜中だということも忘れ、三人は悲鳴を上げて階段を駈け昇った。

鉄蔵たちが柄にもない声を上げながら闇に消えて行くのを、十郎兵衛は目を階段のほうにむけたまま見守った。

「けっ」

嘲笑をひとつ吐くと、ふたたび眼下の白い紙に集中する。

これまで一度も感じたことのない清々しい想いが心を支配していた。何物からも解き放たれ、十郎兵衛はただ描くことだけに没頭する。

「そうそう、これだこれ。成田屋のでかい鼻。けけけけけ。見得切ってんのか驚いてんのかどっちだよ、その目は。ひゃひゃひゃひゃひゃ」

十郎兵衛がつぶやくと、紙の上で竹村定之進《たけむらさだのしん》を演じている鰕蔵《えびぞう》が、怒ったようにこちらを見てくる。まだ首から下を描いていないから生首のようであった。それでも鰕蔵は首から上だけで十郎兵衛の悪口に怒りをあらわにしてみせる。

「そんなに怒るんじゃねぇよ。俺は事実を言ってるだけじゃねぇか。舞台袖から見てて、俺ぁずっと思ってたんだ。横から見るとでけぇ鼻ばかりが目立って、他の物が目に入らねぇってな。けけけけ」

一度として抱いたことのなかった想いが、十郎兵衛の口を借りて次々と零れ出してゆく。いや、心の奥底では思っていたのだろう。それを十郎兵衛が知覚していなかっただけなのだ。

鉄蔵との悶着でなにかが切れた。いや、物心ついたころから心にずっしりと居座っていた堰《せき》のような物が壊れた気がする。溜めに溜めていた感情が、濁流となって溢れ出した。それはとてもではないが人には見せられない汚泥であった。溜めに溜めた感情は沈殿して滓《おり》となり、どす黒く汚れて腐臭を放っている。それが一気に爆発したのだ。穢《けが》れた己を直視して正気を保っていられるはずがないかと思えば、当の十郎兵衛はそうでもなかった。ありのままの暗き情念に身も心も晒されて、心地よいくらいだ。

鉄蔵に感謝しなくてはならない。

蔦重がどう思おうが関係なかった。上手下手も気にならない。能役者がどうだ、息子の元服がどうだ。なにもかも面倒で、頭からはじき出した。残っていたのは描きたいという衝動だけ。気が付けば闇のなかで黙々と筆を動かし続けていた。

「どうだ、お前たち。ぐうの音も出ねぇだろ」

周囲に散らばる役者たちを睥睨し、十郎兵衛は得意げに笑う。どれだけ悪口を垂れても、役者たちは紙の上で怒るばかりで、殴るのはおろか怒号を飛ばすことさえできないでいる。この瞬間、この場所で、十郎兵衛は完全に神であった。己が手で生み出した役者たちは、十郎兵衛だけを見つめている。みなの視線が十郎兵衛に集中していた。

目立っている……。

灯火に照らされた天地において、斎藤十郎兵衛よりも目立った存在はいない。

どれだけ描いたかわからなかった。とりあえず蔦重と約束した役者だけではなく、思いついた者を手当たり次第に描いている。

「なんだ龍蔵《りゅうぞう》。お前は棒でも咥えているのか。頬を突き破ってしまうぞ。かかかかかか」

描き終えた金貸石部金吉《かねかしいしべきんきち》を演じる嵐《あらし》龍蔵を床に放り投げ、紙の束が置かれているはずの場所に手を伸ばすと、爪が節くれだった木肌を撫でて不快を訴える。

「む」

下瞼にくっきりと隈を浮かせ、悪辣な視線をやると、あるはずの純白の天地が消え失せていた。

「なんだ、終わりか」

終わり……。

みずからが言った言葉を耳で聞き、心のなかで張りつめていた糸が切れた。真っ赤になった白目に浮かんだ瞳が上瞼のなかに吸い込まれてゆく。

「ぐごっ」

大きな鼾をひとつ鳴らし、十郎兵衛はそのまま床に大の字になって果てた。

朝の光が差し込む部屋のなかで、蔦重の前に紙の束を放り、十郎兵衛は下からねめつけた。

「このなかから選んでくれ。これが駄目なら、もう描けん」

煙草を詰めてもいない煙管を口に咥えながら、蔦重は腕組しつつ十郎兵衛を眺めている。

「大丈夫かい斎藤さん」

「大丈夫だが」

間髪を入れず答えた十郎兵衛に、蔦重はまるで化け物でも見るがごとき怯えた眼差しをむける。

「目の下、真っ黒だぜ」

「あまり寝てないからな。それよりも早く見てくれ」

「あぁ、そうだった」

それでもまだ疑いの眼差しを十郎兵衛にむけながら、蔦重は手だけを紙の束に伸ばした。すっかり煙草に火を点けることを忘れてしまっている。

「そいじゃ見せてもらうぜ」

一枚目に目を落とした刹那、蔦重の顔付きが変わった。次々と紙を後ろにまわし、新たな絵を見てゆく。枚数を重ねるごとに、目を見開いた驚きの顔に笑みが綻びだし、最後の一枚を見るころには満面の笑みとなった。すべての絵を見終えた蔦重は畳の上に勢いよく紙束を置くと、一度おおきくうなずいてから十郎兵衛に声をかける。

「やったじゃねぇか。これなら申し分無ぇ。どの役者も顔に力がみなぎってやがる。黒雲母を乗せりゃ大層映えるぞ、こりゃ」

達成感も充足感もない。別にどうこう思われたいなどと考えずに描いた絵だから、駄目でもよかったのだ。ただ蔦重が笑った時に、少しだけ勝ったような気がした。その瞬間だけ、心がわずかに震えたのが自分でも驚きである。十郎兵衛は大きな欠伸をひとつして、蔦重に頭を下げた。

「家に戻るのも面倒なんで、少しだけ寝かせてもらえぬか」

「おう、ゆっくり休みな」

十郎兵衛が目覚めたのは次の朝だった。

耕書堂の店先に人だかりができているのを、十郎兵衛は通りをはさんだ物陰から見ていた。今日は役者大首絵の初売りの日である。けっきょく蔦重は、三座の芝居をまんべんなく二十八枚選んだ。すべてが役者一人の大首絵ではなく、二人の役者を描いた物が五つ入っている。すべての背景が黒雲母摺りという豪華な役者絵であった。

客の反応など、十郎兵衛にとってはどうでもよかった。なのに通りのむこうからこうして様子を窺っているのは、幾五郎たちの所為である。初売りだからと耕書堂に呼ばれた十郎兵衛を、幾五郎たちはなかば強引に店先まで引っ張り出し、むかいの荒物屋の脇の小路へと誘った。

「なんだこりゃ」

店先で腕組をしながら絵を見ていた若い男が吐き捨てるように言った。今日発売の役者絵ですと、手代が説明している。

「写楽、知らねぇな」

別の客が言うと、人だかりから思い思いの声が聞こえてくる。

「鰕蔵様はこんなに鼻が大きくないわっ」

「珍妙な絵だ。こいつぁ面白れぇ」

「こんなもん誰が買うんだ」

「描かれた役者が可哀そうだ」

「違ぇねぇ」

客がどっと笑った。

「この野郎……」

鉄蔵が怒りを押し殺した声でつぶやいた。描いた本人は、どんなに客が悪しざまに罵ろうと、けろりとしている。幾五郎や瑣吉も十郎兵衛の顔色をうかがい口をつぐんでいた。ただ一人、鉄蔵だけがなぜだか怒っている。

「どれもこれも綺麗で同じ顔なくせに、身形で誰だかわからせるような物ばかり見てっから、その絵の凄さがわからねぇんだ。ちゃんと見てみろ。誰がどいつか、顔だけでわかるじゃねぇか」

鉄蔵からは褒められているのだろうか。己にむかって言われているわけではないので、真意はわからない。が、とにかく鬼瓦のような顔をした絵師は怒っているようだった。

「黒雲母で割高だ。みな二の足踏んでるんですよ」

「それでも新しい物に飛びつくのが江戸者だろ」

幾五郎の声に鉄蔵は胸を張って答え続けた。

「無駄だ高ぇだ言って誰も絵や本を買わねぇんなら俺たちがいる意味はねぇ。良い物、新しい物は絶対売れる。絶対だ」

鉄蔵はまるで自分に言い聞かせているようだった。

「こいつぁ凄ぇ。俺ぁ、鬼次をもらおうか」

一人の客がそう言って手代に鬼次を頼むと、ちらほら売れ始める。

「そうだ、わかる奴にはわかるんだよ」

売れるたびに鉄蔵がつぶやく。

「なんだか鉄蔵さんの方が嬉しそうじゃねぇですかい」

「うるせぇ黙ってろ」

茶々を入れた幾五郎に拳骨を喰らわせた鉄蔵が、ちらりと十郎兵衛を見た。

「この前は悪かったな。あんたもやりゃできるじゃねぇか」

「こちらこそ礼を言う」

「なんでぇ」

「訳は語らんが、かたじけない」

「けっ、なんだそりゃ」

微笑み合う二人が店先に目を戻すと、また一枚売れている。

まずまずの出だし……。

それでも耕書堂の店先で、十郎兵衛の描いた絵は一番目立っていた。

其ノ陸　歌麿が惑う

この絵を見ていると吐き気がする。

こんな物は絵じゃない。

下品な光を放つ黒雲母の海に浮かぶ大谷鬼次の驚いているのか怒っているのか解らない顔を血走った目でにらみつけながら、喜多川歌麿は噛み締めた奥歯で苛立ちを磨り潰していた。これほどまでに怒りを露わにしたのは何時以来か。身中に残る昔を隅々までまさぐってみても、こんなに激しい心の荒波はどこにも見当たらなかった。

つまり歌麿は、己でも覚えがないほどに怒っている。

〝それ〟が目に入ることに耐えられない。

顔を背けるよりも先に手が動き、醜悪極まりない鬼次の顔を両手で覆っていた。掌に躰の重さを乗せてゆく。だんだんと前のめりになってゆくと、掌から肩までが棒のように硬くなった。手入れが行き届いた青い畳と白い掌に挟まれて、鬼次がくしくしとなんとも滑稽な悲鳴をあげた。生者ではないのだから無理もない。紙なのだ。木切れに彫られ、何枚も何枚も摺られた紙切れに、人同様の悲鳴を上げられる訳がなかった。

乾いた雲母の粉が、皺に押し出されて柔らかい掌を緩やかに刺す。やけに心を逆撫でするかゆみにも似たささいな痛みに、歌麿の奥歯はよりいっそう強く噛みあわされる。

とてもではないが、こんな姿は誰にも見せられない。

まるで気の遠くなるような年月を重ねてやっとのことで親の仇を見つけたかのごとく、掌中の紙切れに怨嗟の眼差しをむける己を、天井のあたりからもう一人の自分が見つめている。湿った怒りに身を焼かれ、鬼次を握りつぶすことに躍起になっている姿を、滑稽だと思いながら淡々と見下ろしていた。

頭蓋の下顎をつないでいる蝶番《ちょうつがい》のあたりが痛んで、我に返る。

目を閉じ、鼻からゆっくりと息を吸いこむ。すると次第に手の力が弱まってゆき、縛めを解かれた鬼次が指の間で少しずつ弛緩してゆく。

雲母の粉がこびりついた手を膝に置き、腰を入れて背筋を伸ばした。それからもう一度、鬼次に目をやる。

汚い……。

無数の岩山と深い渓谷に張り付くようにして、歌麿を責めるような恨めしげな視線でこちらを睨む鬼次の顔は、脳裏に残る物よりもなお醜悪だった。

鬼次は右方の虚空を睨んで動かない。だから絵を見下ろす歌麿とは決して目は合わないはずだった。なのにひび割れだらけの黒雲母の中の鬼次は、なぜだか歌麿を恨めしそうに睨んでいる。

それがまた、たまらなく腹だたしい。

睨んでいるのは鬼次ではなかった。歌麿が鬼次を殺気に満ちた目で見ているのだ。見下している歌麿の心が絵の中の鬼次と呼応して、彼が己を睨んでいると錯覚させるのだろう。

憑かれている。

そう思うともう居ても立ってもいられなくなった。

膝下の絵をつかんで丸め、思いきり放り投げる。白磁の花瓶に当たって掠れた音を立てた鬼次は、床の間の端にぶつかり一度か弱い悲鳴を上げてから、花瓶の陰に隠れるように転がって止まった。

解放されて、ひと息吐く。

見知らぬ者の名をささやく。

「東洲斎写楽……」

右の目尻のあたりに生暖かい物を感じた。艶々とした爪の先で触れてみる。白い中指の先が濡れた。気づかぬうちに汗をかいていたようである。そう思った瞬間、襦袢が張り付くような心地を覚えた。躰がじめついて気持ちが悪い。苛々する。

なにもかも写楽の所為だ。

歌麿はこの男の絵だけは決して認めない。認めてはならないのだ。

寛政《かんせい》六年五月。耕書堂で売り出された写楽の絵を、歌麿はすぐに揃えた。黒雲母摺り大首絵二十八枚という大作である。

それまで誰も知らない無名の絵師でありながら、黒雲母摺りの大首絵で初御目見えした東洲斎写楽に、江戸の町人たちはすぐさま飛び付いた。新しい物には目がない江戸っ子たちである。世間を賑わし続ける蔦重の新たな仕掛けに、誰もが注目した。

皆が騒いだのは、鮮烈な登場の仕方だけではない。

写楽の絵そのものに度肝を抜かれたのである。

醜悪極まりない……。

歌麿に言わせれば、およそ絵とは呼べぬ代物だった。

そこに描かれた役者たちの大半を、歌麿はその目で見て知っている。写楽が描いた彼等の姿は、正鵠を射ているとは言えなくはない。たしかに舞台の上の彼等を見ている時、写楽が誇張して描いた部分に目がゆく。

しかしである。

写楽が誇張しているのは、役者の悪しきところばかり。鬼次の張り出したえらや、鰕蔵の鷲鼻に龍蔵の頬など。歌舞伎の客たちがあえて見ぬようにしている箇所を、写楽は白日の下に曝け出しているのだ。

絵師にあるまじき所業である。

泡沫の夢を見せるのが、絵師の務めだと歌麿は思う。それは歌舞伎も吉原も同じことである。絵師がそうであるように、役者や遊女たちも、世知辛い浮世の汚れにどっぷりと肩まで浸かった人々に、きらびやかな夢を見せ、一時でも現を忘れさせるために、芸を磨くのだ。

絵師も芸人である。

千両役者だ花魁だともてはやされても、全盛の絵師だと騒がれても、しょせん芸人はあぶれ者なのだ。

だからこそ。

芸を磨き、芸にしがみつく。

日々の暮らしに汲々としている者たちに夢を見せ銭を得るなど、まっとうな者のする生業ではない。まっとうではないくせに、芸を身につけ認められれば良い思いもする。だからこそ、まっとうな暮らしをしている人々に、芸人は後ろ指をさされなければならない。美しき物をこの世に生み出し続けなければならない。

そこまで考えて、歌麿はふたたび奥歯を噛み締める。

写楽の絵は違う。

汚辱に塗れた浮世に生きる人々に、これが現実だと知らしめるかのごとき絵を描き、錦絵を買い求める客だけではなく、歌舞伎を楽しむ人々の夢さえも醒ましてしまう外道の所業を平然と行っている。蔦屋という名うての版元を誑《たら》し込み、芸とは呼べぬ悪行の片棒を担がせるという卑怯な真似までしてだ。

「許せねぇ」

日頃、人には聞かせない伝法な口調でつぶやく。

己のこれまでの画業にも泥を塗られたような心地であった。写楽は錦絵や歌舞伎を楽しむ人々に後足で砂をかけながら、歌麿のことをも嘲《わら》笑っている。いや、歌麿だけではなく、錦絵に携わるすべての絵師を小馬鹿にしているのだ。

歌麿には絵しかない。

生まれた家など思い出したくもなかった。ふた親がどこでどうしているのか、知りたくもない。二人が生きていたとしても、喜多川歌麿が己の息子であるなどと解りもしないだろう。名乗り出ようとも思わない。知れば銭の無心に来るだけだ。

絵があったから歌麿はここまでになった。

吉原の大見世の二階に己が部屋同然の住処を与えられ、日々かかる銭はすべて版元が出してくれる。おかげで埃に塗れた長屋に戻らずとも済む。明日の飯の心配もなく、ただひたすらに絵と女に囲まれて暮らす。そんな暮らしが出来ているのも、絵があってくれたからなのだ。

ただひたすらに美しい物を……。

その一心で歌麿は筆を握り続けた。その想いは四十を超えた今でも小動《こゆるぎ》もしない。写楽の絵を見たからといって、激しい怒りと嫌悪の情は覚えるが、自分の躰のど真ん中を貫く美という黄金の柱は一寸たりとも揺るがないのだ。

だが、揺るがないことと放っておくことは別の話である。

間違っている者は糺《ただ》さなければならない。江戸に数多《あまた》いる名もなき絵師たちのためにも、全盛と呼ばれる歌麿が声をあげなければならないのだ。

固く閉じられた唐紙の向こうから聞き慣れた男の声がして歌麿を呼ぶ。鳩尾《みぞおち》あたりに力を込めて心中の荒波を押し殺しながら返事をすると、歌麿が描いた山百合が咲き乱れる唐紙が音もなく開いた。現れた着流しの二人の男は、摺り足で下座にむかうと静かに腰を下ろして頭を垂れる。銭で飼っている男たちだ。二人とも決して人様に誇れるような素性ではない。いずれもこの北国《ほっこく》で出会った者たちである。

「どうかしやしたか」

左手に座った男が静かに問う。白目の上方にどっしりと腰を据えた瞳が歌麿を射る。

「ちょっと気がかりなことがありましてね」

先刻のような伝法な口調は決して使わない。門人として鳥山石燕《とりやませきえん》に拾われた時に、歌麿は昔を棄てたのである。

「もしかして東洲斎写楽……。のことじゃねぇですかい」

写楽と言った後にわずかな間を置き、男が問う。その思わせぶりな態度が、歌麿の心の裡などお見通しだと語っていた。そういう、己を少しでも高く売ろうとするところが鼻に付く男だが、使い勝手が良いから見て見ぬ振りをしている。

男の目が歌麿の背後へと向けられていた。どうやら床の間のあたりに視線が注がれている。花瓶の奥に隠れたはずの鬼次が、男の場所からは見えているのだろう。

素知らぬふりをしながら歌麿は微笑み、男に問うた。

「どうして私が東洲斎写楽のことを気にしていると思ったんです」

「ずいぶんな騒ぎじゃないですか」

「騒ぎ……。ですか」

男を見つめる瞳に不機嫌の色を滲ませる。気づかぬような阿呆ではない。それでも男は歌麿の機嫌を取るような擦り寄りかたはしなかった。右の眉尻をわずかにあげて、少しだけ楽しそうな目付きで飼い主を見る。

「江戸の絵師の評判を、歌麿様が御存知無いなんてこたぁ、ありえねぇでしょ」

なぁ、と言って隣に座る猫背の男に声をかける。猫背で鼠のような顔をした男は、平素からすぼめたような形をしている唇から尖った前歯を突き出しながら、へへへと笑った。左に座る男の目付きとは正反対に、人の機嫌を気にする卑屈な目の色をしている。貧相な顔貌に、猜疑に満ちた男の性根がくっきりと刻まれていた。それはそれで、重宝している。鼠顔のこの男は、どんな無茶なことを頼んでも決して下手は打たない。まぁ無茶といっても、歌麿はしょせん絵師である。切った張ったの荒事や、人の生き死にに関わるような物騒な真似はしない。歌麿とかかわった女同士の諍いの仲裁や、版元との折衝などという些末な面倒事である。絵を描く以外に興味が無い歌麿にとって、こういう銭を払えばなんでもしてくれる使い勝手が良い男たちは手放せない。

腹の据わった左側の男が、乾いて紫色になった唇を震わせる。

「東洲斎写楽って絵師ぁ、どこの誰だか解らねぇらしいですね」

大半の絵師がそうである。むしろ素性が知れている者のほうが珍しい。だから写楽も、蔦屋があえて秘密にしているという訳ではないのだとは思う。だが、いま男が吐いた言葉には、歌麿が二人を呼んだ真意の欠片が含まれていた。

勘働きが鋭すぎる男は四角い顎に貼りついた唇を歪ませながら、なおも間合いを詰めてくる。

「いったいどんな野郎なのか、あっしも気になりやすし、調べてまいりましょう。もしなにか解ったら、お報せいたしやすね」

歌麿は目を伏せ、畳の目を数えながらちいさくうなずく。

「まぁ耕書堂に行けば、当たりはすぐに付くのではないですか」

「そうでやすね。まぁ、ちょっくら行ってきます」

言って男たちは辞した。

ふたたび二人が姿を現したのは、三日後のことである。この程度の調べ物ならば、三日もあれば二人には十分だった。

「いやぁ」

生臭そうな汗を首元に光らせながら、紫色の唇を開いた。

「耕書堂に行ってまいりましたがね……」

「駄目でした」

鼠顔が甲高い声で言った。

「駄目……」

歌麿は小首をかしげて、二人に先をうながす。すると顎の四角い方が、左手で襟口を広げて右手で風を送りながら答えた。

「あっしは手代を、こいつは丁稚あたりを突いてみたんでやすがね。あ、もちろん荒事みてぇな無粋な真似はしてやせんよ」

そんなことは解っている。

「手がかりくらいは摑めるかと思ったんですが、どうやら蔦屋に硬く口止めされてるらしく、ぜんぜん口を割らねぇ」

「客たちもまったく解らねぇらしくて、今いる絵師のなかから探そうって奴もいるみてぇです」

「今いる絵師のなかから……。ですか」

「へい」

鼠男が恐る恐るといった様子で、かくりと首を下げた。

「絵の評判は色々で、なかには贔屓の役者を無様に描きやがって、ぶん殴ってやんなきゃ気が済まねぇなんて言ってる野郎もいるみてぇなんで。それで蔦屋の方でも素性をばらさねぇように注意を払ってんじゃねぇかと」

無理もなかろう。あんな醜悪な絵では、怒る者がいても仕方があるまい。実際に歌麿もその一人なのだ。

腹の据わった男がちいさく頭を下げる。

「こんだけ硬く守られちゃ、落としようがありやせん。なんなら裏から……」

「私は一度だって調べてくれなんて言ってませんよ」

大袈裟に両手を挙げて男が焦ったような演技をした。

「いやいや、あっしが気になったもんだからつい……。申し訳ありやせん旦那。じゃあこいつぁ、この辺で引き上げます」

「御勝手に」

ぞんざいに告げると、男たちはそそくさと部屋を後にした。


「久しぶりじゃねぇか」

上座で大仰に腕を組みながら言った蔦重の顔を、歌麿は横目で見た。二人きりで正対しながら、顔を背けている。そんな歌麿の態度を、蔦重はまったく気にしていないようだった。

昔からこの男はこうである。

細かいことは気にしない。面白いと思った物、金の匂いがした物に真っ直ぐに突っ込んでゆく。些末なことは目に入らないから、些細な障害など押し退けて進む。そんな強引なところが、歌麿は昔から嫌いだった。

たしかに恩人ではある。

石燕の元でくすぶっていた歌麿の才を見出し、拾ってくれ、一流の絵師と呼ばれるまでに育ててくれたのは蔦重だ。この男の強引な売り出しによって歌麿は世に出て、広められ、評判を取り、押しも押されもせぬ全盛の絵師となった。

感謝はしている。

だが……。

「今日はいってぇ、何の用だ」

「いえね……」

「うちの仕事を受けてくれる気になったか」

こちらの答えを遮るようにして大声で蔦重が言った。こういうやり取りの細かいずれが、歌麿を苛立たせてゆく。

「生憎なんだがよぉ」

言って蔦重が煙管を取り、雁首に煙草を詰めた。火を点けてから旨そうに一服し、歌麿へと顔を戻す。

「ちぃとばかりいまは忙しいんだ。ふた月先くれぇになりゃあ、版木の方もなんとかなると思うから、それ以降だったら……」

そこで止めて蔦重が吸い口に口を付けた。

苛立ちを通り越して怒りを覚える。

歌麿は当代一の絵師なのだ。一枚でも良いから描いてくれと畳に額を擦りつけて頼み込む版元は腐るほどいる。そんな喜多川歌麿に、版木の確保ができないから再来月まで待てなどという無礼なふるまいは、考えられない。

そもそも写楽の仕事は歌麿に持ちかけられた物なのだ。蔦重が直々に頼みに来たではないか。みずから版元に出向いて仕事をもらうなど考えたこともない。仕事はもらいにいく物ではないのだ。むこうから頭を下げて持ってくる物なのである。

灰吹きの縁で煙管を叩き灰を落としてから、蔦重がこちらの怒りなど気付きもせずに問うてくる。

「で、なに描いてくれるんだい。なんでも良いってんなら、俺にもふたつみっつ考えてる物があるから……」

「勘違いしないでください。生憎、私もそれほど暇な身ではないんですよ。とてもではないが、こちらの店まで手が回りませんでね」

「鶴の羽に囲われちまってんだろ」

蔦重の耕書堂と肩を並べる書肆、仙鶴堂のことである。蔦重が一代で築いた耕書堂と違い、仙鶴堂は寛永《かんえい》の頃より京都で続く書肆であった。江戸の店は出店である。だが出店とはいえ、店主である鶴屋喜右衛門の手腕によって大層繁盛していた。

鶴屋のことなどどうでも良いと言わんばかりに、蔦重が飄々と話を変える。

「入ってくる時、店先を見てきただろ」

「そりゃ、まぁ」

「役者絵が並んでただろ」

お前ぇが断わった仕事だよ、と憎々しげに言ってから蔦重が小鼻を大きく膨らましながら胸を張った。

「東洲斎写楽。どうだ凄《すげ》ぇ絵だろ」

本気で言っているのか、この男は。堂々とした蔦重の態度に、歌麿は怒りよりも心配になる。あの絵のどこが凄いと言うのか。ただただ醜悪極まりない下衆《げす》の絵ではないか。どんなに気に喰わない男であろうとも、蔦屋重三郎という男の目だけは信用していたし、尊敬もしていた。絵や狂歌や戯作に対する彼の目利きは抽《ぬき》んでていると思っていた。

そんな蔦重が、写楽の絵を凄いなどと宣《のたま》った。自分の店から出した絵だ。嘘でも凄いと言わねばなるまい。いや、版元が信じない物など店先に並べる訳がない。

歌麿は悟った。

どうしてここまで写楽の絵に怒りを覚えるのか自分でも不思議だったのである。

蔦重が加担しているからだ。この男が写楽という下劣極まりない絵師を売り出したことが、歌麿の怒りを苛烈な物にさせている。

昔の恩人から、よりいっそう目を背けるように、雨に濡れる縁廊下の黒い染みに目を落とす。

「さて、店先でちらと見ただけですから、どんな絵だったか解りませんね。蔦重さんがそんなに凄いと言われるのなら、帰る時にじっくりと……」

そこまで言った時、蔦重が顔を天井にむけて大声で笑った。

「な、なんですか、いきなり」

上にむけていた顔をふたたび歌麿にむけ、耕書堂の主は大きな口の端を吊り上げながら言った。

「相変わらず嘘が下手だなお前ぇはよ」

「う、嘘など……」

「お前ぇの絵に対する真面目さは、俺が一番良っく知ってる。お前ぇの絵への執着は、病だよ。そんなお前ぇが、俺の店の一番目を引く所に置かれた絵を見逃してる訳がねぇ。お前ぇの目は確かだ。ひと目見りゃ、その絵が本物か偽物かわかるはず」

真贋という意味ではないことなど、歌麿にもわかる。本物の絵には魂が宿っているものだ。蔦重の言う偽物とは、なにも感じられない絵のことである。

「そんなお前ぇが惚《とぼ》けたってこたぁ、あの絵を認めたってことだ。違うか、歌麿」

「だれが、あんな絵を……」

「お前ぇ、写楽の絵見たの、今日が初めてじゃねぇだろ」

心にずかずかと踏み込んでくるこの無礼さが、心底気に喰わない。耕書堂に来たことを歌麿は後悔していた。

「どいつが写楽なのか、お前ぇには絶対に教えてやらねぇよ」

すべてをお見通しだと言わんばかりに、蔦重がにやける。

しかし歌麿は聞き逃さない。

蔦重は〝どいつが〟と言った。歌麿も知っている者のなかに写楽がいるのだ。鉄蔵、瑣吉、幾五郎……。

いったい誰だ。

「お前ぇ、写楽に妬《や》いてんな」

「無礼な」

「図星かよ」

一刻も早く、この場から立ち去りたかった。

よくもまぁ、そんなに入るものだと、歌麿は感心しながら下座を見つめている。

鬼瓦のような厳めしい顔をした男が、すでに四半刻あまりも菓子を食いつづけていた。しかも尋常な食べ方ではない。左手につかんだ菓子を口に入れるや右手の菓子を口へ。そうやって順繰りに口に運んでゆく。もちろん両手には常に菓子が握られている。口中の菓子が綺麗に無くなってからなどという考えは、男にはないようだった。まだ前の物を噛み終えてもいないというのに、菓子を詰め込む。とうぜん両の頰がぱんぱんに膨れている。干菓子、饅頭、大福、羊羹などなどなどなど……。とにかく目の前に並べられた菓子を、目に付いた物から手当たり次第に腹に収めてゆく。朱塗りの膳に散らばっている饅頭たちを血走った目で睨みつける男に、歌麿は思わず声をかけた。

「大丈夫か鉄蔵」

名を呼ぶと、悪鬼羅刹のごとき形相で鉄蔵が歌麿をにらむ。その頰が依然としてぽっこりと張り出しているから、恐くもなんともなかった。

「食べ過ぎると躰に毒だぜ」

菓子を握ったまま手を止め、頑丈そうな顎だけを縦に横にと動かして、じゃりじゃりもちゃもちゃと口中の菓子を喉の奥に流し込んでゆく。なんとか舌が動くようになったと思ったのか、鉄蔵が饅頭の皮であったろう残骸を飛ばしながら答えた。

「心配すんな。こんなことでくたばるような俺じゃねぇ」

一度にこりと笑って鉄蔵がふたたび菓子を貪りだした。

この男は下戸である。酒は一滴も呑めない。だから菓子を食う。しかし物には限度というものがあろう。あまりのことに、歌麿の脇に控える白粉顔の女も唖然として固まっている。まぁ歌麿も酒を呑むことすら忘れて見入っているから、酌をする必要がない。固まっていても憎まれ口を言いはしなかった。

それからまた四半刻、都合半刻あまりもの間、鉄蔵は菓子を食い続けた。

「うっぷ、もう食えねぇ……。ご馳走さんだ馬鹿野郎」

膨れた腹を擦《さす》りながら、鉄蔵が言った。どういう悪態の吐き方なのかと心で毒づきながら、歌麿は咳払いをひとつする。

「気が済んだかい」

「おうよ」

とつぜん歌麿を訪ねてきたかと思うと、腹が減って死にそうだと言う。それなら握り飯でも持って来させようかと言うと、どうせなら菓子が良いと贅沢なことを言った。

歌麿はこの、がさつな男のことが大嫌いだ。恐らく顔見知りの絵師のなかでも、群を抜いて嫌っている。まずこうして人の居所にいきなり現れて食い物を催促する厚かましさが身震いせんばかりに腹立たしい。

本来ならばこんな歓待はせず、門前払いを喰らわしてやりたい。しかし今回のとつぜんの訪問は、どういう風の吹き回しかしらぬが、歌麿にとっても渡りに舟だった。

この男ならば知っているはず……。

そう思うから、安くもない菓子をこれだけ大盤振る舞いしてやったのだ。といっても菓子の金を払うのは己ではない。

鬼瓦の猛烈な食いっぷりを我を忘れてみていた歌麿は、半刻ぶりに眼下の膳に乗った朱塗りの杯を取った。かたわらの女が、銚子を手にして澄んだ酒で杯を満たす。透き通った水面に口を付けず、歌麿は不埒《ふらち》な絵師にすました声を投げる。

「一人で現れるなんて珍しいじゃないか」

鉄蔵はいつも取り巻きを数人連れている。話を拵《こしら》えるよりもいじけるのが得意な下駄屋やら、戯作者になると豪語する耕書堂の居候やら、いずれもうだつの上がらぬ輩であった。だいたいこの男自体が、腕はあるのだが絵師としていまひとつ波に乗りきれていない。

「いったいなにをしに来たんだい」

「用が無くちゃ来ちゃ駄目なのかよ」

「下心が無けりゃ、私の顔なんぞ見たくないはずだろ」

「げはは、解ってんじゃねぇか」

嬉しそうに鉄蔵は言うと、胡坐をかいた膝に一本一本がやけに太い五本の指が付いた掌を置いた。腕でぐいと膝を押したせいで、着物の間から黄ばんだ褌が見える。あまりにもおぞまし過ぎて、歌麿は顔を逸らす。とてもではないが酒など呑める気分じゃなかった。酒が満ちたままの杯を膳に戻してから、鉄蔵の顔だけを見る。

語りかける言葉を探していると、不潔な絵師が耳ざわりなほどに大きな声で切り出した。

「お前ぇ本所の薬種問屋、黄林堂って知ってんだろ」

まるで古い付き合いの友人にでも語るかのような気安さで問うてくる。

「黄林堂……」

聞いたような気がするが、すぐには思い出せない。そんな歌麿の心を見透かしたように、鉄蔵が言葉を重ねる。

「そこの若旦那が蔦重んとこの大事な客でよ。絵はお前ぇの物しか買わねぇらしいじゃねぇか。で、あまりにもお前ぇのことが好きだって言うもんだから、蔦重が会わせたんだろ。それから何度か、その若旦那と会ってんだろ。調べは付いてんぞ。有体に申しやがれってんだ」

どこの三文芝居に感化されたのか知らないが、鉄蔵は口をへの字に曲げて上座を睨んだ。

あぁ、と言って歌麿は手を叩く。

「思い出しました。黄林堂の跡取り……。名前はたしか」

「仁衛門《じんえもん》」

「そうそう。仁衛門さんだ」

硬い響きの名を聞いて、さすが薬種問屋だと思ったのを覚えている。

「で、本所の薬種問屋の若旦那と、あなたが今ここにいる理由がどうやったら繋がるんだい」

「顔を繋いでもらいてぇ」

「どういうこった」

じれってぇなぁ、と吐き捨てて食いかけの羊羹を一口、口に放り込んでから、鉄蔵は口にそれが残ったまま語り始めた。

「訳なんかどうだって良いんだ。お前ぇの顔で、仁衛門さんに会わせてくれねぇか」

「蔦重さんに頼めば良いだろ」

「親父に頼めねぇから、下げたくもねぇ頭下げてんだろ、そんくらい気付けよ。ったく」

この部屋に来てから鉄蔵は一度たりとも頭を下げていない。絵師としての立場に天と地ほどの開きがある歌麿に対し、対等以上の物言いをしている。

無礼極まりない。

しかし歌麿にも今回ばかりは下手に出なければならない都合がある。鼻から静かに息を吸い、不遜な絵師を眉をひそめながら見つめた。

「なにか悪いこと考えてるんじゃねぇのかい」

「そんなこたねぇ。お前ぇに迷惑はかけねぇから心配すんな。顔を繋いでくれりゃそれで良いんだ。文を出してくれるだけで良い。これこれこの日に鉄蔵という男が店を訪ねてくるから、会ってくれないかと書いた手紙を本所にやってくれりゃ、それで構わねぇんだ。頼む」

ここではじめて鉄蔵は頭を下げた。黄ばんだ褌に鼻先が付いているのではないかというほどに、胡坐のままで上体を傾けている。

仁衛門とはさほどの縁があるわけでもなかった。それこそ蔦重の取り成しで、数度酒を呑んだくらいである。相手が絵をたいそう気に入ってくれているらしく、歌麿が頼めばある程度のことは承服してくれるだろう。

鉄蔵に紹介することなど訳はない。

もしこの男がみずからの絵を売り込もうとしたとしても、歌麿の絵を好む仁衛門が素直に応じるとは思えなかった。勝川春章の門下となり腕を磨いた鉄蔵の確かな画力は、歌麿も認めるところだが、画風が異なる。力強い筆致の鉄蔵の絵を、仁衛門が好むとは思えない。別に仁衛門が鉄蔵に鞍替えしたところで、歌麿はいっこうに構わないのではあるが。

「わかったよ」

鉄蔵が顔を上げる。満面の笑みであった。なにがそんなに嬉しいのかわからないが、この愚かな絵師は心がすぐに面に出る。

「恩にきる……」

「ついてはひとつ私の頼みも聞いてくれないかい」

「なんで」

さっきまで子供みたいに喜んでいたくせに、いきなり眉間に深い縦皺を刻み、鉄蔵が問う。

童を諭すように、歌麿は穏やかに語り掛ける。

「あんたの願いをひとつ聞く。だから私の願いをひとつ聞いてくださいよ」

「金ならねぇぞ」

「あんたにそんなこと頼みませんよ」

「だったらなんでぇ」

頬を膨らませて、鉄蔵が顎を突き出す。

「東洲斎写楽が誰なのか教えてくれませんか」

「ほぉ……」

鉄蔵が似合わぬ深い声を吐いた。窺うような目付きで下から歌麿の顔を見上げながら、小汚い男が問いかけてくる。

「なんで写楽のことなんか聞くんだよ」

「蔦重さんのとこに出入りしているあんたなら、なんか知ってんじゃないかと思いましてね」

「そんなこと聞いてんじゃねぇよ。なんで写楽なんかのことを、天下の喜多川歌麿さんが気にしてんだって言ってんだよ」

動揺などしない。

気にしているのは事実だ。

歌麿は平然と答える。

「あんなに汚らしい絵を描くのが誰か、知りたいと思いましてね」

「汚らしいだぁ」

右の眉尻を思いきり吊り上げて、鉄蔵が問い返す。写楽は間違いなく鉄蔵ではない。筆使いが違う。絵を見る目には絶大な自負がある。だから思ったままを鉄蔵に伝えた。

「あんな美しさの欠片もない絵を、よくもまぁ蔦重さんも出したものだと思いましてね」

「美しいだけが絵じゃねぇだろ」

鉄蔵が厳しい口調で言った。

「絵は、そんな小さな物じゃねぇよ」

「美しいことが小さいとでも言うのですか」

「おい、本気で言ってんのか」

鉄蔵が身を乗り出す。

「美しいって思わせる絵もたしかにあらぁ。それもひとつの形だ。美しい絵を小せぇと言ってんじゃねぇ。綺麗なだけが絵じゃねぇってんだよ。絵を見た奴の心が動けばなんだろうが勝ちだ。怒ろうが笑おうが泣こうが息を呑もうが、そんな物どうだって良い。美しいだなんだとほざいて、小さな檻に絵を押し込めんじゃねぇって言ってんだよ俺ぁ」

別に小さな檻に押し込めているつもりはない。美のない絵など認めるわけにはいかなかった。べつに童が戯れに描くのであればいい。誰かの手慰みならば、どれだけ拙くとも汚かろうともなにも言うつもりはない。だが、写楽の絵は銭を取る。だから歌麿は許せない。銭を取り人様の目に晒すのであれば、美を備えていなければならない。

歌麿の思惟を置き去りにして、鉄蔵はなおも語る。

「現にお前ぇの心は写楽の絵の所為で激しく揺さぶられてんじゃねぇか。醜かろうとなんだろうと、お前ぇは写楽の絵に心が動いた。だから俺に写楽が誰なのかを問うたんだ。違うか」

心が動けばなんでもありなのか。

違う。

「贔屓の役者が描かれた写楽の絵を見た人は、いったいどう思うでしょうねぇ。心の底から喜べると思いますか」

「喜べねぇだろうな」

「そうでしょう」

「でも怒らせたとしても、それはそれでやっぱり勝ちなんだぜ。怒る奴がいるってことは、その反対側には、良く描いてくれたと思ってる奴もいるってことだ。怒る奴がいりゃ喜ぶ奴もいる。心を激しく揺さぶりゃ敵が増えるが、同じだけの味方も増える」

言って鉄蔵が歌麿を指さす。

「お前ぇは客のことなんざ考えてねぇんだろ。どれだけ手前ぇが満足できるか。それだけで十分なんだ。手前ぇで描いた絵を手前ぇで美しいと思って一人でほくそえんでんだろ。そんな境地なんざ、俺ぁ全然興味が無ぇな」

歌麿の抗弁を許さぬ勢いで、鉄蔵が立て続けに語る。

「どんだけ綺麗な女だって、ひと皮剝いて股座《またぐら》覗きゃ、醜悪な物が付いてんじゃねぇか。所詮、人なんざそんな物さ。写楽の絵は人の醜悪なとこをそのまんま描いてる。それがお前ぇには気に喰わねぇんだろ。それでもなぁ」

鉄蔵の唇の端が歪《いびつ》なまでに吊り上がった。

「心が動いちまった時点で、お前ぇは写楽の絵を認めちまってんだよ」

「認めてる……。私が」

「認めちまってるからこそ、そんだけ反感を覚えてんだろ」

「認めてないから憤りを覚えているのですよ」

「そんなもんは屁理屈だ」

「馬鹿らしい。止めましょう」

「けっ、素直じゃねぇ奴だな」

鉄蔵から目をそらし、杯を手にした。

「黄林堂の若旦那と繋いであげるかわりに、あんたは私に写楽の……」

「斎藤十郎兵衛だよ」

歌麿の言葉を遮って鉄蔵が言った。

「あの阿波侯お抱えの幽霊みてぇな顔した能役者だよ。覚えてるだろ」

「いいんですか。そんなに簡単に教えて」

「別に取って食うって訳じゃねぇんだろ。こっちも世話になるんだ。こんくれぇ教えたってどうってことねぇ」

斎藤十郎兵衛が写楽……。

一度会っただけだが、やけにはっきりと陰気な顔を覚えている。

「ありがとうございます」

「若旦那のこと頼んだぜ」

言い放って鉄蔵が豪快に腰を上げる。

「話がまとまりゃ、こんなとこに長居するつもりもねぇや。どうせ十郎兵衛に会うんだろ」

「そのつもりです」

山百合が咲く唐紙に手をかけながら、鉄蔵が笑う。

「会って話してみりゃ、強情なお前ぇにもなにかわかるだろうよ」

それだけ言って鉄蔵は姿を消した。


「いやぁ、天下の喜多川歌麿の目に写楽の絵が止まるとは、こりゃあ江戸中に知らしめねぇといけやせんね」

憤然とした様子でこちらを見つめる斎藤十郎兵衛の隣に座る幾五郎が、何度も首を上下させながら言った。

「どうしてお前さんがいるんだい」

にやけ面に歌麿は問うた。すると戯作者志望の耕書堂の居候は、首の裏をぽりぽりとかきながら答える。

「いえね、鉄さんが店に来てですね、先生が斎藤さんに会いたがってるなんて言ってやしてね。そんでこの人だけじゃ場がもたねぇから、お前ぇも行ってこいなんて言うもんですから、今日は斎藤さんの付き添いってことで参上仕った次第でござぇやす」

まったく良く動く舌だと呆れながら、歌麿は杯をかたむける。

いっぽう目当ての男はというと、部屋に入ってきてから一度として口を開かない。虫の居所が悪いのか、ずっと陰気な顔で歌麿をにらんでいる。

「ほら、この人ずっとこの調子でしょ。愛想なんて言葉知らねぇんじゃねぇかと思うくれぇ、いっつもむくれてんですよ。ほら斎藤さん、せっかく先生があんたの絵を見て会ってみたいとおっしゃったんだから、なんか言ったらどうだい」

話しかけられた十郎兵衛は、歌麿から目をそらして幾五郎とは反対の方へと顔をむけた。これではまるで駄々をこねる童である。

「斎藤十郎兵衛さんだったっけね」

仕方が無いので歌麿のほうから切り出す。とうぜん返事はない。

「あんた、私に会うのは二度目だね。前はたしか瑣吉がいなくなった時に、居所を聞きにきた鉄蔵に付いてきたんじゃなかったかい」

「そうそう、あん時あっしもはじめて先生にお会いしたんですよ」

「お前さんには聞いてないよ」

「すいやせん。でもね、この人ここ数日ずっと店に寝泊まりさせられて次の絵描かされてて本当に機嫌が悪いんでさ。そんで息抜きがてら仲に行って、先生にご馳走になってこいって、蔦重の旦那が言うもんですからね。こうして連れてきたんでやすがね。大門潜ったって格子のむこうのお姉さんたち冷やかしたって、にこりともしねぇんですよ」

「ちょっと黙っててくれないかい」

厳しい口調で言うと、良く回る舌を唇の間からのぞかせて、幾五郎が小さく頭を下げた。それを溜息混じりに見てから、ふたたび十郎兵衛に目をむける。

「あんたの絵見せてもらったよ」

顔を背けたまま、ぴくりともしない。

構わず続ける。

「汚い絵だねぇ」

への字に結ばれた口許が、わずかに震えた。

「人の醜悪なところを悪しざまに描いて、それを黒雲母で派手に飾って人様に売るなんてな、私には考えられない所業だよ」

「ちょ、ちょっと先生……」

「黙ってなと言ったのを、もう忘れちまったのかい」

横目でにらむと幾五郎は不服そうな顔のまま固まった。

人払いは済ませている。部屋のなかには三人きりだ。剣呑な物が混じり始めた室内の気が、梅雨の湿気をふくんで重苦しかった。歌麿は十郎兵衛を冷淡に見つめながら、話を続ける。

「あんな物が世に出るのを許してちゃ、私たち江戸の絵師はたまったもんじゃない。あんたの絵が刷り物になるってんなら、子供が描いた絵だってなんだって良いってことになるじゃないか」

「そいつぁ、ちょっと言い過ぎじゃねぇんですか」

「お前さんは……」

「そこまで言われちゃ黙ってられやせんぜ」

止められたのも聞かずに幾五郎が、膝で畳を滑り少しだけ前のめりになりながら口を尖らせた。

「斎藤さんの絵と餓鬼の絵を同じだって言われて黙っちゃいられねぇ。たしかに人の醜いところを描いてるかも知れねぇが、斎藤さんの絵は絵師として売り出しても、誰からも文句は言われねぇ代物だ。いまの言葉は聞き捨てなりやせん」

「ここに文句を言っている奴がいるじゃないか」

鼻の穴をふくらませて、幾五郎が息を吸う。口許に冷笑を浮かべながら、歌麿はおしゃべりな居候の間合いに言葉で踏み込む。

「あんな醜悪な絵を世間にはびこらせる訳には行かないんだよ。絵師として、私はきっぱりと言っておかなけりゃならないんだ。斎藤さん、ここら辺で筆を折ったらどうなんだい」

「歌麿さんっ」

幾五郎が歌麿を呼ぶ名が、先生から歌麿さんに変わっている。そんなことには構わず、歌麿は十郎兵衛だけに語りかける。

「本当なら、お前さんの顔なんざ見たくはなかったんだが、どうしても直接会って言っておかなけりゃならないと思ったんでね。私も江戸の絵師の端くれだ。皆の想いをしっかりと伝えておかなけりゃという、老婆心から出たおせっかいさ。許しておくれ」

「ふふ……」

十郎兵衛が顔を背けたまま、不吉な笑い声を吐いた。幽鬼の口から漏れた呪いの言葉のようで、歌麿は背筋に薄ら寒いものを感じる。

「なんだい」

勇気を出して問いかける。

十郎兵衛の黒目だけが、のろのろと動いて歌麿を見た。とても正視できるような物ではない。真正面から受けていると、それだけで呪われそうだった。だがここで目を背けるわけにはいかかない。歌麿は腹に気をこめ、黒くぐもる闇を見つめ続ける。

「はっきり言えば良いんだ……」

ぼそりと十郎兵衛が言った。それだけで部屋の気が何倍にも重くなったように感じる。

「な、なにをだい」

毅然と問うたはずだったが、声が震えていた。それを聞いて十郎兵衛が、ふたたび笑い声をあげる。

「あんまり人を小馬鹿にするんじゃないよ。私はあんたなんかより何倍も絵師として……」

「絵師とか子供とか、そんな物はどうでも良い。私が描いた物は誰になんと言われようと、私が描いた物だ」

歌麿の言葉を遮った邪な声には、揺るぎない力強さがあった。

「あんたが描いたってこた私だって知ってるよ。そういうことを言いたいんじゃなくて」

「解っておる」

「え」

十郎兵衛の瞳の奥の闇が濃さを増す。

「あなたは私の絵が描けない。だからそんなに怒っておるのだ」

「な、なにを……」

なおも顔を背け目だけを歌麿にむけたまま、十郎兵衛が語る。

「醜悪な絵が描けないから、そんなに怒っておるのであろう。私は醜悪だと言われてもいっこうに構わない。現に醜悪なのだから仕方がない。だから筆を折ろうとは思わぬ」

「あんな醜い絵が売れる訳がない。奇抜だから目を引くだろうが、銭を出して買うかと言われれば誰でも二の足を踏む。そうでしょう」

幾五郎に問う。いきなり振られた耕書堂の居候は、これ見よがしに一度大きく肩を上下させてから答える。

「ま、まぁ歌麿さんの絵なんかに比べれば……」

「売れもせぬ絵を描いても仕方が無いでしょう」

また十郎兵衛が笑った。

「なんです。言いたいことがあるのなら、はっきり言いなさいっ」

「売れようが売れまいが、私の絵は私の絵だ。蔦屋が売ってくれぬのなら、それまでだ。誰からも見向きされずとも、私は絵を描く。あなたは違うのか。売れねば、誰かに相手にされなければ、絵を描かぬのか」

誰にも相手にされずとも絵を描くなど、これまで一度も考えたことがなかった。己を見てもらうため、誰かに認めてもらうため、歌麿は絵を描き続けた。現にそうして今の地位を築いたのである。人から頭を下げられる身になったのも絵があったからだ。

この世は汚い……。

だから絵のなかだけは綺麗でなければならない。

呑んだくれの父と、そんなどうしようもない男にいつも笑顔で尽くす母の姿が脳裏によみがえる。母の顔にはいつも青痣があった。父に殴られても蹴られても、母は文句ひとつ言うこともなく微笑みを浮かべて尽くし続けたのだ。

歌麿が幼いころに描く母の顔には、痣などなかった。

写楽の絵を認めるということは、母の顔に痣を描けということなのだ。

できはしない。

そう……。

十郎兵衛が言うように、歌麿には写楽の絵は死んでも描けないのだ。

花のほころびや、葉の虫食いを描いたとしても、それはやはり美なのである。栄枯盛衰。もののあわれを描き出すための汚れなのだ。そこには十郎兵衛のような悪意はない。

蔦重が言うように嫉妬しているのか。鉄蔵が言うように認めているのか。

わからない。

わからないが、写楽の絵を見ていると何故だか心が無性に騒ぐ。もしかしたらそれは、写楽の絵に母の痣を思い出すからなのだろうか。

「どうなのだ。あなたは一人では絵を描けぬのか」

十郎兵衛が詰め寄る。もはや歌麿には、彼の顔を正視するだけの気力がない。

幽鬼のごとき男から目を背け、ぼそりとつぶやく。

「帰りなさい。二度とあんたたちの顔は見たくない」

「呼び付けておいてそりゃないでしょ」

無礼な言葉を吐いた居候を睨みつける。

「帰れと言っているのが聞こえないのですかっ」

歌麿は久しぶりに叫んだ。幾五郎は目を丸くして呆然としている。不敵な笑みを浮かべたまま十郎兵衛がむくりと立ち上がった。

「それでは失礼いたす」

言って幾五郎の肩を叩き、そのまま唐紙のほうへと歩む。

「ちょ、ちょっと待ってくんな」

礼もせずに幾五郎は十郎兵衛の後を追って去った。

一人残された歌麿は言いようのない虚脱に襲われながら、閉ざされた唐紙に描かれた山百合を見つめる。

純白の花弁に染みはひとつもなかった。


小綺麗な身形の商人が、機嫌良さそうに歌麿の杯へと酒を注ぐ。

「それじゃあ、これからは蔦重さんとは」

問うた商人の名は鶴屋喜右衛門と言った。江戸仙鶴堂の主だ。

酌を受けながら、歌麿は端然と答える。

「たしかに私をここまでの絵師にしてくれたのは、蔦屋さんかも知れませんけどね。いつまでも恩を盾に縛られたのでは、私も新たな道が開けませんからね」

嘘だ。

新たな道など切り開くつもりはない。

十郎兵衛と会ったことで、歌麿は己の真意を確信した。己には写楽の絵は描けない。つまり己が絵を汚すことは、歌麿にはできないのだ。

それで構わないと思っている。蔦重や鉄蔵が何と言おうと、十郎兵衛に負けたとは思っていない。歌麿の絵には自他共に認める美しさがある。歌麿が持つ美という武器は、どの絵師のそれよりも鋭く華麗な刃であった。研ぎ澄まされた銘刀を、いまさら血で汚すことは無いのだ。

ならば道はひとつである。

「耕書堂さんでやれることはもうなにもありません。これからは仙鶴堂さんをはじめとした、他の書肆のお仕事に力を入れていこうと思っております」

何卒よろしくお願いいたします、と言って頭を下げる。

「いやいや、私の方こそ、どうか末永くお引き立てのほどを」

歌麿よりも深く、畳に額を擦りつけるようにして鶴屋が礼をした。歌麿がゆっくりと頭を上げると、鶴屋はまだ頭を下げたままだった。十郎兵衛が十郎兵衛であるように、歌麿は歌麿なのである。全盛の絵師という名声を誰にも譲る気はなかった。

写楽の絵を頭から完全に消し去る。

「私は誰です」

「は……」

問われた鶴屋が頭を上げて、呆けた顔を見せた。

「私は誰ですか」

もう一度問う。

「天下の絵師、喜多川歌麿、その人にございます」

無言のままうなずく歌麿の口許に、穏やかな笑みが浮かぶ。

唐紙のなかの山百合は、今宵も咲き誇っていた。

其ノ漆　鉄蔵が失せる

天地が裂けようが、海が涸れようが、そんなことは己の画業にはなにひとつ関わりないことである、そう鉄蔵は思っている。

たとえ足が動かずとも、口が利けずとも、耳が聞こえずとも、手が使えずとも、絵は描ける。手が無ければ歯で筆を噛む。目が見えずとも、筆が動かせればどうということはない。これまで見てきた物を頼りに描けば良いだけだ。

どんなことがあっても絵を描く。描き続ける。それだけはなにがあっても変わらない。

銭金の問題ではないのだ。

稼ぎになろうがなるまいが、鉄蔵は筆を握る。握れば描く。紙などなくても描く。本当のところを言えば、筆さえも要らない。竈《かまど》を探れば炭がある。炭もなければ指がある。指があれば地に描ける。

筆で紙に描けるだけでも贅沢なのだ。

幼い頃はそんなものはなかった。

鉄蔵は己が絵を描きはじめた時のことを知らない。覚えていないのだ。それは無理もないことだと己でも思う。なぜなら鉄蔵が覚えているもっとも昔の姿であろう、薄ぼんやりとした己がまさに、枝で砂地に絵を描いているからだ。

つまり気付いた時には描いていた。

紙も筆もない。とにかくなにかに描く。外に遊びに出て桶を見たら、その場にしゃがんで泥土に描く。蜻蛉《とんぼ》が釣瓶に止まっていたら逃げるなと念じながら描く。喧嘩をした後は、伏したまま泣きじゃくる相手の姿を描く。

目にして心が動くと、それを描かなくては気が済まなかった。それは三十の坂をとっくに越えた今でも変わらない。絵師の性《さが》などという言葉では納まらない。業である。鉄蔵という男が母の腹から生まれ落ちたその時から備えている業なのだ。

父母から貰った物ではないということは断言できる。

本所割下水《ほんじょわりげすい》で生まれた。

川村《かわむら》などという姓はあったが、侍とは名ばかりの家である。母の口癖は、おまえの曾祖父は赤穂浪士の討ち入りで殺された吉良方の御侍だった、であった。そして必ず、赤穂の浪士が討ち入りなんてしなけりゃ、私はこんなところにいない、と続ける。こんなところと悪しざまに言うが、幼い鉄蔵にとってはその家こそが己の居場所だった。

ろくに働きもせず、与えられる禄もない。そのくせ周りには己は侍だと偉ぶる。とっくの昔に腰の物は竹光になっているのに、鞘を叩いて家伝の銘刀であると自慢する。そんな父だった。

二人の姿も鉄蔵はよく描いた。

昼日中から顔を真っ赤にして大の字で眠る父の姿を、指先で土間を削りながら描いたその側に、頼まれた針仕事をしながら恨めしそうに夫を睨みつける母の姿を足す。

見つかると決まって殴られた。それでも鉄蔵は描くことを止められなかった。描けるならばなんでもよかったのだ。

汚らしい……。

心が動いたから描いただけ。殴られると悲しかったし痛かった。そんな時でも心が動くから、己を怒鳴りつける父の顔を描きたくてたまらなくなった。

自堕落な父と悪態ばかりの母に、幼い子が養える訳もない。

鉄蔵は公儀御用の鏡師である叔父の元に養子に入った。けっきょくそれからすぐに叔父に息子が生まれ、一年か二年そこらでそこも出たから叔父家族に対する想いはさほどない。父と母の元には帰らなかった。

貸本屋の小僧や版木の文字彫りの下働きなどをしながら、鉄蔵は大人になった。

なにをしていても描くことだけは変わらない。捨てるとか止めるとかいう物ではないのだ。描くという行いは、鉄蔵という魂と肉から切り離せるものではないのである。

十九になった頃、版木の仕事が縁で勝川春章の弟子になった。一年ほど修行し、勝川春朗《しゅんろう》という筆名をもらい、絵師としての仕事を初めてやった。

これだと思った。

絵を描いて生きていけるなら、これほど有難いことはない。

我ながら短絡に過ぎると思う。だが、その短絡な思いは、いまも変わらない。

売れるとか売れないとか、正直どうでも良いのだ。鉄蔵はただ絵を描きながら生きていければそれで良い。売れれば暮らしが幾分楽になるというだけである。

描く。

銭を得る。

また描く。

銭を得る。

それだけだ。

描く。描く。描く。

何故描くのか。

もっと上手くなりたいからだ。

描くということは、目の前にある物を写し取る行いだ。突き詰めれば、その物と描いた物が瓜二つ、誰にも見極めがつかないという極致まで辿り着かなければならない。いや、絵はそれだけに留まらないと、鉄蔵は思っている。目の前にある物すら越え、見る人に実物には存在しない力を感じさせることができてこそ、本物の絵師だと考えていた。

だが……。

現実の鉄蔵はそんな境地には程遠い場所にいる。絵師をはじめて十五年あまり。版元や絵師仲間には、それなりに一目置かれていた。二年前に師であった春章が死に、一門からも離れ、勝川の名を捨てた。いまは叢《くさむら》春朗を名乗っている。一介の絵師として生きてゆく。それだけの腕があると己でも信じている。

と……。

みずからに言い聞かせている。

己にだけではない。周囲の者に対しても、鉄蔵は声高に己の想いを喧伝《けんでん》する。己には絵しかない。描くことはなにがあっても捨てない。生きることと描くことは同じことだ。絵は己の業だ。皆にそう嘯《うそぶ》いて、鉄蔵は鉄蔵という男を形作っている。

本当は違う。

恐い。絵を描けなくなることが、たまらなく恐ろしい。

たしかに絵を描いて生きられるのは有難いことだ。しかしそれも、絵を欲してくれる人がいてこそである。鉄蔵の絵を誰も欲しなければ、版元も描いてくれと頼みはしない。頼まれなければ銭は入らない。絵を描いて生きていけなくなる。それがたまらなく恐ろしい。

どこで曲がってしまったのか……。

昔から絵を描いていた。幼い頃は、褒められたいとか、銭が欲しいなどと考えていなかったはずだ。ただひたすら描いていれば満足だった。絵と欲は完全に切り離されていたのである。それがいつ頃からか、一緒になった。鉄蔵と絵が切り離せない物であるように、絵と欲も切り離せない物になった。

つまり鉄蔵と絵と欲は混ざりあってしまったのだ。

だからこそ声高に喧伝する。必死に己に言い聞かせる。どんなことがあろうと絵は捨てない。食えずとも絵を描き続ける。絵は業だ。

己は強い己は強い、と叫んでいるようなものである。

本当の鉄蔵は誰よりも弱いのだ。

幾五郎のようにへらへらと気楽に構えて、浮世の柵《しがらみ》を笑ってやり過ごすような器用さはない。十郎兵衛のように斜に構えて、誰に恨まれようが皮肉と悪態を吐き続けるような強さもない。だからといって瑣吉のようにみずからの弱さにのたうち回り、地べたを這いずるような無様なほどの潔さもなかった。

弱い。誰よりも弱い。だから鉄蔵は、誰よりも厚い鎧を着る。お前等とは違う。お前等のようにくどくどと悩んだりしない。そう声高に叫んで、皆と己との間に強固な壁を築くのだ。

そうしていないと落ち着かない。

求められなくなりそうで。

描けなくなりそうで。

たまらなくなる。

そうして鉄蔵は、何事にも首を突っ込む。少しでも己の絵が変わるきっかけになればと願い、どんなことにも噛みつく。

往来で喧嘩をしていた見ず知らずの男たちの間に入って、いつの間にか誰よりも殴られて二、三日まともに飯が食えなくなったり、同じ長屋に住む夫婦の喧嘩を止めに行って間男と間違えられたり、近所の餓鬼に混じって蛙がくたくたになるまで弄んだり、川縁で水面に足を浸けて日がな一日動かしながら飛沫を見つめていたり。

とにかくすべての行いが絵に通じると信じている。

だから絵を描かず、することもなく、部屋のなかでじっとしていると落ち着かない。見慣れた部屋となると、もう駄目である。半刻だって耐えられない。部屋じゅうをぶち壊して叫びたくなる。

そうなると部屋を変えた。いずれにしても貧乏長屋である。間取りなど大して変わる物でもないのだが、町を変えると人が変わる。人が変わると障子戸のむこうの気配も変わるものだ。それで鉄蔵は人心地が付くのだ。

しかし。

今度の部屋は長い。かれこれ二年ばかり住んでいる。

隣に住んでいた女のせいだ。

〝へぇ、あんた絵師さんかい。今度私も描いてくれよ〟

——俺ぁ、美人絵は描かねぇんだ。

〝あら、美人だって〟

——そういう意味で言ったんじゃねぇよ。

〝はいはい、そんなことは解ってるよ。でも、ありがとね〟

顔を合わせるとそんな会話を交わした。いつも本当に他愛もない会話ばかりだった。しかしそれでも鉄蔵にとっては、五日に一度ほどのこの女との邂逅が待ち遠しいものだった。ひょっとして己にも美人絵が描けるのではないか。そう思わせてくれた。

女は突然死んだ。

首を括った。

が……。

女と親しかった者は、涙ながらに自分で死ぬような人じゃないと訴えた。

死んでいるのが見つかる二、三日前、鉄蔵は女の部屋から出て行った男の姿を見た。忘れようと思ったが、どうしても男のことが気になった。

すべては絵に通じる。

これもまた己の絵が変わるなにかのきっかけになるかもしれない。そう思うからこそ、誰に止められようと首を突っ込むのを止めなかった。

「良し……」

つぶやいてから臍の下に気を込めて、目の前の店にむかって歩き出す。

〝薬種問屋　黄林堂〟

そう彫られた看板を睨みつけながら、鉄蔵は一歩一歩踏みしめるようにして暖簾に近付いていった。

「はいはい、貴方様が歌麿さん御推薦の……」

「叢春朗と申します」

「春朗」

「御察しのとおり、この前まで勝川一門におりやした」

「あぁ、やはりそうですか」

言って男は嬉しそうに手を叩いた。

男は薬種問屋黄林堂の主人の息子である。名は仁衛門といった。ゆくゆくはこの店を継ぐことになるのだろう。黄林堂は本所ではそこそこ名の知れた薬種問屋であるらしかった。しかし本所の生まれであり、今もこの辺りの長屋に住むのにもかかわらず、鉄蔵はその名を知らない。どれだけ寒い日であろうと風邪ひとつひかないから、薬屋などに縁がないのだ。

「して、今日はどのような御用です。歌麿さんから直々に手紙をいただくなど初めてのことでございましたから、大変驚いたのですよ。読んでみると、会ってもらいたい人がいるとのこと。いったいどのような御方かと思っておったのですが」

目を細くして、仁衛門は品定めでもするかのように鉄蔵を見据える。

褒められるような態《なり》はしていない。一応、商家の敷居をまたぐのだから、二着きりしかない衣のなかでも新しい方の縞の小袖を着て来はしたが、それでも貧しい身形であることは否めなかった。

「あのぉ」

仁衛門が警戒するように上目遣いになりながら、鉄蔵に声をかける。

「ちょっと待ってくだせぇ」

鉄蔵は機先を制するように腹から声を出して言うとともに、掌を突き出した。顔も躰も手足も細い仁衛門は、鉄蔵の声に驚いて一度びくりと跳ねて声を呑んだ。

「な、なんでしょう」

恐る恐るといった様子で薬種問屋の若旦那が問う。仁衛門の全身がすっぽり収まるくらい、鉄蔵の躰は大きい。もちろん喉や舌や顎も大きいから、普通に吐き出した声に尋常ではない圧がこもる。仁衛門が驚くのも無理はない。

「あっしは畏まって座るのが苦手なもんで、失礼は承知の上ですが、崩しちまっても構いやせんか」

「あ、あぁ、どうぞどうぞ」

頬を引き攣らせて仁衛門がうなずく。

鉄蔵はぺこりと一度頭を下げてから、足を胡坐に改めた。

これもまた分厚い鎧を着込み、仁衛門との間に壁を作る行いである。はじめに強い一撃を喰らわせて虚を衝く。そうしておいて、己の流れに乗せてしまう。相手から攻められないようにするための手である。

若旦那は呆気に取られて閉じた口をもごもごと動かしていた。相手の言葉を封じ、鉄蔵は間合いを詰める。

「実は、今日は絵の話をしに来た訳じゃねぇんですよ」

「えっ」

それじゃあ何のために訪ねて来たのかと、細い目を精一杯丸くした若旦那の顔が語っていた。

鉄蔵は口許を吊り上げながら、言葉で間合いを削ってゆく。

「実はついでにもうひとつ」

言って人差し指を突き出した拳を、己の顔の前に掲げて続ける。

「あっしは旦那と会うの、初めてじゃねぇんですよ」

「そうですか。どこかで御会いいたしておりましたか。それは御無礼をいたしました」

若旦那が丁寧に頭を下げる。鉄蔵は拳を広げて左右に振った。

「いやいや、挨拶を交わすようなことじゃねぇんです。ただ行き合ったというだけでね。旦那があっしを覚えていねぇのは当たり前なんでさ」

「行き合った……。のですか。いったい何処で」

「二度目は耕書堂でさ」

「二度目、ですか」

青白い顔に不安の色が滲む。

鉄蔵は回りくどいことが苦手である。この男と話せるのは恐らく今日限りだ。問い詰めるのは今しかない。

単刀直入に切り出す。

「はじめて御会いしたのは夜でした」

「夜……」

「明かりは障子戸のむこうに灯る行燈の光くれぇで、一寸先はまったく見えねぇような暗闇んなかでしたがね」

それでも旦那の顔ははっきりと見えやしたと言って、鉄蔵はぐいと顔を前に突き出した。人を呼ばれたら終わりである。強請《ゆす》り集《たか》りだと叫ばれたら、無事では済まない。相手はこの店の若旦那なのである。かたや鉄蔵は貧しい身形のどこの馬の骨とも解らぬ客だ。店の者がどちらを信じるか、考えるだけ無駄である。

だからこそ攻めるのだ。鉄蔵に対する怖れで大声が出せぬほど強く押す。仁衛門の顔を改めて真正面から見て、それが出来ると踏んだからこその博打である。

「御会いしたのはあっしの住んでる長屋なんですが、こっからそんなに離れてねぇ。本所でさ」

「ほ、本所の長屋……」

仁衛門の頬がひくつく。目の色がはっきりと変わったのを鉄蔵は見逃さなかった。

この男が出て来た部屋に住んでいた女が死んだ。ただそれだけのことである。

鉄蔵が住む長屋は貧乏人の吹き溜まりのようなところだ。薬種問屋の跡継ぎが来るような場所ではない。死んだ長唄の師匠と仁衛門がどんな関係であったのか解らないが、なにもなかったとは思えない。本所の長屋と聞いて目の色を変えた仁衛門の様子が、鉄蔵の推測を確信へと変えた。

「あっしが住んでる部屋の隣から、夜、旦那が出てきやしてね。暗がりのなかに立つあっしを見て、驚かれたんでさ。手拭をかぶってやしたが、あっしに気付いて顔を上げなさったから、はっきりと覚えてる」

「な、なんのことだか」

「話は最後まで聞いてくんな」

胡坐をかいた膝に手を置いて、鉄蔵は仁衛門の顔を見据える。

薬種問屋の若旦那は小刻みに震えていた。力無く開いた唇が、情けないくらいに揺れている。

「旦那を見た二、三日後だ。旦那が出てきた部屋に住んでいた女が首括って死んじまったんでさ」

仁衛門の喉仏が大きく上下した。

「北国の女郎か品川の飯盛だったたか、良く覚えちゃいねぇが、その女は身請けされもせず、年季が明けて長唄の師匠になったらしい。まぁ、それほど親しい仲じゃなかったんだが、顔を見れば二言三言話してやした。きっぷの良い、竹を割ったような気性の女でした」

「そんな人は知りませんねぇ」

「でも、あっしは旦那がその女の部屋から出てくるのを見たんですよ」

震える唇を歪に吊り上げながら、仁衛門は鼻の穴を膨らませて語る。

「見間違いじゃないのかい。あんたも言ってたじゃないか、一寸先すら見えないほどの暗闇だったって。そんななかでほっかむりした奴の顔なんか見れる訳がないだろ」

「まぁ、そう言われるとなにも言えねぇんだが」

開き直られたら、それ以上追及する術はない。鉄蔵は奉行や与力でも、岡っ引きでもないのだ。仁衛門の罪科を暴こうなどという了見は、はなから持ち合わせていない。どうしてあの女が死んだのか、はっきりさせたかっただけだ。みずから死ぬ女ではないと、親しい者が涙ながらに語ったとしても、あの女にはそいつにさえ言ってなかった秘密があったのかもしれない。誰にも言えぬ苦しみが、あの快活な女にあったとしても不思議ではないのだ。どんなに気丈でも、どんなに強くとも、己の命を己で奪うことがないとは決して言いきれない。あの女が首を括ったのなら、それはそれまでなのだ。

ただ理由が知りたかった。

首を括ったのなら、括ったなりの理由があるはずだ。

殺されたのなら、殺されたなりの理由と下手人がいる。

あの女の死からすでに一年あまりの時が過ぎようとしていた。その間、鉄蔵の胸にはずっとなにかがつっかえている。釈然としない想いがとぐろを巻いて、心の奥底に居座っていた。

晴らす伝手は目の前の男だけなのだ。諦める訳にはいかない。

口許に微笑を浮かべ、鉄蔵は首の裏をぼりぼりとかいた。若旦那が眉間に皺を寄せて、露骨に嫌な顔をする。そんなことにはお構いなしに、痒みがなくなるまで存分にかいてから、腹にくぐもる想いを素直に吐き出した。

「見間違いだと言われりゃ、こっちはなんも言えなくなっちまう。だがねぇ、あっしはたしかに旦那の顔を見たんだ。あの女の部屋から出てくる旦那の顔をね」

「い、いったいなにが言いたいんだ」

声が震えている。

「あの女と旦那の間になにかあったんでさ」

「だから知らないと言ってるだろ」

それまでの優男然とした穏やかな口振りから一変し、仁衛門は急に声に殺気を漂わせた。

「お、お前さんは何者なんだ。絵師と言ったのは騙《かた》りかい。歌麿さんからの手紙も、偽物なんじゃないのかい」

「そいつぁ違う。ありゃ本当に歌麿に書いて……」

「岡っ引きだろ。そうなんだろ。え、回りくどいことしないで、はっきり言ったらどうなんだい」

そう言って仁衛門が畳を叩いた。肩が震えている。怒りというより動揺のせいであろう。鉄蔵をにらみつける瞳の奥に、恐れが滲んでいる。

「最近、外に出ると誰かが見てる。お前の手下なんじゃないのかい。え、どうなんだい。私を疑ってんだろ」

堪《こら》えていた物が一気に噴き出したというように、仁衛門は態度を豹変させてまくしたてた。鉄蔵は努めて平静を装いながら、穏やかに答える。

「そいつぁ誤解でさ。あっしは本当に叢春朗ってしがねぇ絵師だ。耕書堂の旦那に聞いてもらっても良い。第一、こんな汚ねぇ態で、岡っ引きが旦那のところに参りやすかい」

「そんなこた知らないよっ」

仁衛門が肩を抱えて震える。

「だから言ったんだ。そんなことするこたないだろと、でもあの人は許さなかった。あの女が江戸にいるのが許せないと……」

「だ、旦那」

つぶやく仁衛門の目は、鉄蔵を捉えてはいなかった。

「大丈夫ですかい」

「私をどうするつもりだい。もう仏は土の下じゃないか。とっくの昔になにもかも終わってる。あと十日もすれば祝言だ。そうなれば笠鶴屋さんが守ってくれる」

笠鶴屋……。

日本橋の呉服問屋である。大店だ。たしか仁衛門は笠鶴屋の娘と縁談話が持ち上がっているはずである。

「おい、旦那。まさか〝あの人〟ってのは」

鉄蔵の問いで目覚めたように、仁衛門がはっと息を呑んで下座に目をむける。薬種問屋の若旦那は、目を白黒させながら呆けたように鉄蔵を見つめた。だらしなく開いた口から、力の抜けた声がぼろぼろと零れ落ちる。

「あんた本当にただの絵師なんだろうね。だったらいま聞いたことは誰にも喋らないでくれないかい。そうしてくれるんなら、あんたが絵を売りだす度に、私がまとめて買い上げようじゃないか。どうだい。大口の客が付きゃ、あんたの名も売れる。悪い話じゃないと思うよ」

「あっしを買おうってことですかい」

卑屈な笑みを浮かべて仁衛門がうなずいた。

「そいつぁ、旦那があの女を殺《や》ったって言ってるような物だぜ」

「私はなにもしちゃいないよ。ただ、あんたの絵を買いたいと言ってるだけさ」

邪な気を総身から放ちながら、若旦那はがくがくと震えていた。

鉄蔵は立ち上がる。

「あんた、正気じゃねぇよ」

「待ってくれ」

「安心しな。あんたのこたぁ、御上にゃ言わねぇよ。あんたがしらを切りゃどうしようもねぇんだ。言うだけ無駄さ」

背をむけてからも仁衛門は何事かを言い募っていたが、耳を貸さず鉄蔵は黄林堂を辞した。


耕書堂の地下の作業部屋の片隅に座り、鉄蔵は目の前で揺れる灯火を見つめている。皿の油を吸いあげる芯の先に灯る火は、風もないのに揺らめいていた。

「そいつぁ、本当ですかい」

灯火のむこうに見える幾五郎の目が、零れ落ちんばかりに見開かれていた。幾五郎の右側には瑣吉、左には十郎兵衛が座っている。真夜中の作業部屋だ。灯火を囲んでいる四人以外には誰もいない。

「解んねぇよ」

鉄蔵はぞんざいに答える。

昼、仁衛門から聞いたことを、三人に語った。御上には報せないとは約束したが、誰にも言わないとは言っていない。この三人は信用できる。幾五郎は口が軽いが、言って良いことと駄目なことくらいの分別はできる男だ。

行かなければよかった。

鉄蔵は後悔している。心のなかのわだかまりを晴らしたいという衝動に従い、安易な気持ちで仁衛門に会ってはみたが、余計に深い闇のなかに迷い込んだ気がする。

「黄林堂の若旦那が長唄の師匠を殺したんですかい。それで手前ぇで死んだように見せかけるために、首を括ったように細工したってことですかい」

「だから解らねぇって言ってんだろ」

苛立ちを隠しもせずに、鉄蔵は幾五郎にむかって吠えた。

無口な十郎兵衛は灯火の前で口を噤《つぐ》んだまま、幽霊のように佇んでいる。瑣吉は鉄蔵の語ったことを受け入れられず震えていた。

ただ一人、幾五郎だけが鼻息が荒い。

この男は鉄蔵に負けず劣らず、何事にも首を突っ込まずにはいられない性分だ。死んだ女とは生前会ったことすらないくせに、まるで昔からの知人の死に憤りを覚えているかのように執拗に鉄蔵に迫って来る。

「だっていきなり鉄さんの絵を買ってやるなんて言ってきたんでしょ。そいつぁ、殺したって白状してるようなもんだ。お前が殺したんだろって、鉄さんが詰め寄った訳じゃねぇんでしょ。突然、自分から話しはじめたんでしょうよ。だったら、その若旦那が下手人ってことじゃねぇですかい」

「だとしてもだ。俺たちにどうこうできることじゃねぇだろ」

だから三人に語って聞かせたのだ。

若旦那がなにを言おうと、この件について鉄蔵たちができることなどないに等しい。黄林堂でも言ったが、たとえあの場で仁衛門が殺したも同然のことを口走ったとしても、御上の前で知らぬ存ぜぬと言い張れば、それ以上追及しようのない話なのである。しかも相手は、日本橋の大店笠鶴屋との祝言を控えているのだ。店総出で揉み消しを図るだろう。地獄の沙汰も金次第である。大枚が動けば、確証のない疑いなど容易《たやす》く揉み消されて終わりだ。

「なんですかい、なんか今日の鉄さんおかしいぜ」

口を尖らせた幾五郎が灯火のむこうから睨んでくる。

いつもの己と違うことなど百も承知だ。言い切り押し切り己を通す。それが鉄蔵という男だ。そうやってみずからの背を押さなければ一歩も動けないのである。強気に出られない鉄蔵など、ただの脆弱なでくの坊でしかない。

「五月蠅ぇよ」

勢いのない返事に、幾五郎が不満そうな溜息をこぼす。

「人が一人死んでるんでやすよ。このままにしといて良い訳がねぇでしょうよ」

「解ってんだよ、そんなこたぁ」

「だったら……」

「だからさっきから、俺たちになにが出来るんだって言ってんだろ」

「くくくく」

陰気な笑い声が、割って入る。

幽霊が笑っていた。

「なにが可笑しいんだよ」

鉄蔵は十郎兵衛を睨みつけ問う。すると陰気な能役者は、顔は灯火にむけたまま薄暗い瞳だけを動かして鉄蔵を見た。

「だから言ったではないか。あの男はなんでもやるだろうとな」

「なんだそりゃ」

「あぁ、皆で黄林堂を見に行った時のことですよ」

幾五郎の言葉を聞いて鉄蔵も思い出した。たしかに十郎兵衛は仁衛門の顔を見て、なんでもする男だと言った。なんのことかと問い詰めても答えぬ十郎兵衛の代わりに、幾五郎が誰かに言われたらと付け加えたはずだ。

「あの男は〝あの人は許さなかった〟と申したのであろう。続けて〝あの女が江戸にいるのが許せない〟ともな」

「それがどうした」

「そのままではないか」

言って十郎兵衛は声をあげて笑った。

「その〝あの人〟に許してもらうために、あの男はなにかをやったのであろうな」

「笠鶴屋……」

幾五郎がつぶやいた。

「妙なこと言うんじゃやねぇ」

鉄蔵は幾五郎をにらみつける。

「でも、斎藤さんの言う通りじゃねぇんですかい。あの若旦那は笠鶴屋の娘に、長唄の師匠との仲を知られて、許してもらおうと思って……」

さすがの幾五郎も激しく肩を震わせた。

「なにもかも推測じゃねぇか」

「御主、なにを隠しておる」

陰気な目が鉄蔵を射る。

「誰が隠してるってんだ」

「無様だな」

「んだと」

「止めましょうよ。仲違いしてる時じゃありませんよ」

強張った笑みを藍色の唇に張りつかせながら、瑣吉が言った。しかし十郎兵衛は聞き流し、続ける。

「なんでもかんでも首を突っ込むから、こういうことになるのだ。知らねば良かったことを、みずから知りに行き、それで怖気付いているのだから始末におえん」

「手前ぇ、誰に言ってんだ」

「でも、その通りだ」

割って入ったのは幾五郎である。

「だって、長唄の師匠が死んだことに白黒付けてぇから、鉄さんは若旦那に会いに行ったんでやしょう。だったらなんで、もっとしっかり詰め寄らなかったんですかい。殺ったんなら、手前ぇから番所に申し出ろと言ってやらなかったんですかい。若旦那は手前ぇから言い出しやがったんでしょ。外に出ると誰かに見られてるとも言ってたんでやしょ。手前ぇがやったことに耐えきれなくなってんだ。番所に申し出るように勧めんのが、人の道って物じゃねぇですかい」

相変わらず良く回る舌で、幾五郎は一気にまくしたてた。抗弁する言葉が見つからず、鉄蔵は耕書堂の居候の憤りを黙って受け入れる。

「いったいどうしたんですかい鉄さん。こんなのは、あんたらしくねぇ」

鉄蔵らしくないとはどういうことなのか。

本当の鉄蔵はこんなものだ。

景気の良い言葉で己を焚き付け、他者を罵倒し、強気な男という体裁をなんとか取り繕ってはいるが、ひと皮剝けば、躊躇《ためら》い、大事な一歩を踏み出せぬ弱い己が顔を出す。

「やったかどうか解らねぇ奴を、責め立てたって仕方ねぇだろ」

「だから自分でやったと言ったんでやしょ」

「認めちゃいねぇんだよ」

「もう良いでしょっ」

意外な場所から聞こえた悲鳴じみた声に、鉄蔵も幾五郎も口をつぐんだ。瑣吉が目を潤ませている。定まらない視線を三人の顔に彷徨わせながら、怒りに震えていた。

「鉄蔵さんの言う通りじゃないですか。私たちにいったいなにができるって言うんです。あの人が死んでもう一年以上経っているんですよ。首を括ったと奉行所が断じてるんです。今さら蒸し返したって仕方無いでしょ。その若旦那だってもうすぐ大店の娘さんと所帯を持つんですよね。人の幸せをぶち壊すことはないじゃないですか」

そういえば、あの女の骸を見つけたのは瑣吉なのである。思えば瑣吉が首を括った道芳を見つけた時から、鉄蔵の懊悩は始まっているのだ。

「もう止めましょうよ」

そうつぶやいて瑣吉は頭を抱えた。

「もう沢山です」

泣いている。

「瑣吉の申す通りだ」

十郎兵衛が切り出す。

「これ以上、関わりのないことに首を突っ込むなということだ。今回のことは御主にとっても、幾五郎にとっても良い教訓となったのではないか」

「あっしはなにひとつ腑に落ちちゃいやせんがね」

ふてくされたように幾五郎がつぶやいたが、さすがに瑣吉のことをおもんぱかってか、それ以上の抗弁はしなかった。

鉄蔵もはやなにも言えなかった。

それから三日ほど鉄蔵はなにをする気も起きず、部屋のなかに閉じこもっていた。絵を描く気力すらない。いつもなら落ち着かないはずなのに、見慣れた天井を、見飽きるくらい眺め続けていた。

蔦重に呼ばれたのはそんな時である。

なにやら火急の用件であるらしい。呼びに来た幾五郎とともに、駈けるようにして耕書堂にむかった。通されたのは蔦重の私室であった。案内してきた幾五郎は去り、蔦重と二人、決して広いとはいえぬ部屋のなかで向かい合っている。

四十半ばの書肆の主は、いつになく険しい顔をして煙管を咥えていた。二度ほど煙草の葉を詰め替えてひとしきり紫煙をくゆらせると、重々しい声を鉄蔵に投げかける。

「お前、本所の薬種問屋の若旦那のこと覚えているか」

いきなりそう切り出されて、胸が一度どくりと激しく鳴った。

「覚えてるぜ」

「お前、死んだ女の部屋からあの旦那が出て来るのを見たって言ってたな」

「あぁ」

鼻筋の通った太い鼻から重苦しい息を吐き出しながら、蔦重は鉄蔵を睨んでいる。見つめているのではない。睨んでいる。嫌悪の色が瞳の奥に滲んでいた。呆れられたことも窘められたことも一度や二度ではない。その度に鉄蔵は、この男から悪しざまに罵られてきた。しかしどれだけ罵られようと、嫌悪の眼差しをむけられたことは一度もない。蔦重が鉄蔵にむける眼差しには、常に情が籠っていた。

「なにかあったのか」

己に嫌悪の念を浴びせ掛ける目を正面から見据え、鉄蔵は問うた。

「お前、歌麿になにか頼んだだろ」

問いに問いが返ってきた。鉄蔵に対する返答は後回しということである。

「なんのことだよ」

「吉原での俺の顔の広さを舐めんじゃねぇ」

「けっ」

観念して素直に白状する。

「その薬種問屋の若旦那に顔繋ぎしてくれと頼んだ」

「そうか、あの旦那は絵は歌麿の物しか買わなかったからな」

言って蔦重が煙管に新たな煙草を詰めた。そして雁首の辺りを火鉢に近づける。胸が上下するのに呼応するように、雁首の中で煙草が橙色に輝いた。

「歌麿がお前の頼みなんざ聞く訳がねぇだろ」

「写楽が誰か教えてやった」

「なるほど……」

言って鈍く笑った蔦重の鼻の穴から、か細い煙が湧く。煙草盆のなかの灰吹きの縁に煙管を叩きつけて灰を落とすと、書肆の主は右手で煙管を弄びはじめた。人差し指と中指の間で、黒漆塗りの羅宇《らう》がくるくる回る。

「お前、旦那に会ったんだな」

「あぁ」

「いつ会った」

「三日前だ」

「そうか」

妙な胸騒ぎがする。

落ち着かない。

鉄蔵は焦る気持ちに焚きつけられるように、畳を滑るようにして前に少し出る。

「なにかあったのか親父」

蔦重のことを親父と呼んでいる。別に父親同然に思っているという訳ではなかった。年嵩で小太りな男のことを狸親父などと称するのと大して変わらない。

でも父親とまでは行かずとも、この男のことは信頼していた。憎からず思ってもいる。まだ絵師として目が出たとは決して言えない鉄蔵を、なにくれとなく構ってくれるし、仕事を持ちかけてくれもする。目をかけられているという自覚もあった。

親父という呼び名には、それなりの情が籠っているのだ。

しかし今日の蔦重は、いつもの親父とは違う。鉄蔵に親父と呼ばれることすら苦々しく思っているようにも見受けられる。

「お前、旦那となに話した。どうして歌麿に顔を繋いでもらった」

「おい、俺が聞いたことに答えろよ」

「良いから俺の言ったことに答えろ」

毅然とした態度で蔦重が言い放った。

この男は江戸の町で知らぬ者はいないというほどの名うての商人である。なにひとつ背負う物もなくふらふらしている絵師などに、太刀打ちできるような相手ではない。頑とした態度で押されると、どうすることもできなかった。

鉄蔵は蔦重の求めに応じる。

「俺はあんたのこと知ってるって言った」

「それだけか」

首を横に振る。

「死んだ女の部屋から出て来るのを見たと言った」

「そしたら旦那はなんて言った」

あの日のことはできれば思い出したくなかった。しかし答えなければ蔦重は許してくれないだろう。

嫌悪の眼差しから逃れるように顔を伏せ、鉄蔵はぼそりぼそりと語りはじめた。

「最初は知らない、見間違いじゃないのかと言ってたんだが、俺がしつこく問い詰めると、旦那は急におかしくなって、お前は岡っ引きかなんて口走って、取り乱し始めやがった」

「どういうこった」

「最近、外に出ると誰かに見られているなんて言ってやがった」

「なんで」

「知らねぇよ」

悪さを責められている童のように、乱暴に答える。

「あの人は許さなかっただの、あの女が江戸にいるのが許せないと言われただの、訳のわからねぇことをうわごとみてぇに口走りやがって、もう俺のことなんて見てやしなかった」

「あの人……。あの女……。どういう意味だ」

「知らねぇって言ってんだろ。俺はただ、首括った女が本当に手前ぇで死んだのか、白黒はっきりさせたくて、聞きに行っただけだ」

もう勘弁してくれよとつぶやき、鉄蔵は蔦重を見た。

瞳の奥から嫌悪の色が消えている。代わりに宿っていたのは憐憫《れんびん》であった。への字に歪んだ眉の下で、耕書堂の主は鉄蔵を哀れな者を眺めるように見つめている。

「教えてくれよ、あの若旦那になにかあったのか。なにかあったから俺を呼び付けたんだろ。そうなんだろ」

「お前ぇのそんな殊勝な姿、初めて見るな」

「はぐらかさねぇでくれ」

なりふりなど構っていられなかった。

とにかくこの部屋にいることが耐えられない。

逃げだしたくてたまらなかった。

「死んだよ」

「え」

「黄林堂の若旦那が、昨日死んだそうだ」

「なんで……」

言葉を失った鉄蔵の前で、蔦重は淀みない動きで煙管に煙草を詰めた。

「親父さんは急な病で身罷《みまか》ったと届け出たそうだが、人の口に戸は立てられねぇ。噂ってのはすぐに広がる」

胸騒ぎがする。

これ以上は聞きたくない。だが、聞かずに逃げる訳にもゆかない。鉄蔵が会った時、たしかにあの男は生きていた。言動に多少おかしいところはあったが、それでも躰を壊しているような素振りはなかったように思う。

蔦重はもう何度目かわからぬ煙草に火を点けて、思いきり深く吸いこんだ。煙を吐き出し、もう一度吸い口に唇を当てた後、深い溜息と紫煙を口から漏らしてから鉄蔵に答えた。

「手前ぇの部屋の梁《はり》に帯を引っ掛けて首を括っていたらしい」

目の奥が熱くなる。裡から外にむかって、何者かが胸を目一杯叩いている。その振動に腹が揺さぶられて、重い固まりが喉の下まで上がって来ていた。

「お前ぇの部屋の隣で死んだ女と同じように、首ぃ括って死んだそうだ」

あの時の光景が脳裏に蘇る。

腰を抜かして震えている瑣吉のむこう。開かれた障子戸の先で、女が揺れている。灯されたままの行燈の弱い明かりに照らされて、見知った女が梁からぶら下がっていた。

道芳の顔が若旦那のそれに代わる。

青ざめた細面の色男が、首に帯を巻きつけたまま鉄蔵を恨めしそうに睨んでいた。

「そんな……。そんなこたぁ……」

「俺は見た訳じゃねぇから、お前ぇがなにを言ったのか知らねぇし、その時若旦那がどんな風になったのか解らねぇ。だから、お前ぇが訪ねたことと若旦那が首括ったことに関わりがあるかどうかも解らねぇ。だが兎に角、若旦那は首を括って死んだ。日本橋の大店の娘との祝言を控えているって時にだ」

己が首を突っ込んだからか。はっきり白黒付けたい。それだけの理由のために、若旦那を問い詰めて、殺したというのか。

「あの若旦那と死んだ女との関わりは俺には解らねぇ。そりゃ、お前ぇにも言えることだろうがな。当人が死んじまっちゃ、どうにもならねぇ」

蔦重が雁首を灰吹きの縁に打ち付けた。尖った音が、鉄蔵を揺り起こす。

耕書堂の主の厳しい目が、鉄蔵を射る。

「どうだ、お前ぇの言う白黒ってのは、はっきりしたのか」

答えることはできなかった。

「ちょ、ちょっと待ってくれよ鉄さんっ」

耕書堂に背を向け、逃げるように足早に歩く鉄蔵の肩を幾五郎の手がつかんだ。そのまま引っ張りながら振り向かせようとするのを、必死に拒み歩き続ける。

「放せ」

「一体ぇ蔦重の旦那となに話したってんだ。そんなに真っ青んなって店飛び出すなんて、鉄さんらしくねぇぜ」

怒鳴り散らしながらってんなら解らねぇでもないがと付け足し、幾五郎は笑った。少しでも和ませようとしているのだろうが、それが余計に癪《しゃく》に障る。耕書堂の居候を引き摺るようにして往来を歩く。周りを行く人が、二人の姿を怪訝な顔をして見ている。それもたまらなく煩《わずら》わしかった。一刻も早く、なにもかから逃げだしたかった。

「どうしたってんだよ。答えろよ。なぁ鉄さんっ」

「五月蠅ぇっ」

思いっきり振り向いて、幾五郎の手を払いのけながら怒鳴った。数歩後ずさった幾五郎が、払われた手をもう一方の手でつかみながら固まっている。

「ごちゃごちゃ五月蠅ぇんだよお前ぇは。そうやって面白半分で、なんにでも首突っ込んでると俺みてぇになるぞ」

そうなのだ。

面白半分だったのだ。

喜怒哀楽、とにかくあらゆる己の感情を激しく揺さ振るような出来事を欲していただけなのである。感情を揺さ振られることで、己の絵が少しでも高みに届くように。ただそれだけを願って、鉄蔵はこれまで生きて来たのだ。

すべてのことは絵に通じる。

そう信じて疑わなかった。

だから何事にも首を突っ込んだ。

あの女が死んだ時もそうだ。

別に自分になにかが降りかかって来ることもないのにである。

野次馬根性丸出しだ。

いや。

心のどこかでは正しいことをしていると思っていた。

自分で死ぬような女ではないならば、きっと誰かに殺されたのだ。下手人がいるのなら、己が見つけてやる。

見つけたところで一介の絵師である鉄蔵にはどうすることもできないのに、そんな簡単なことにすら考えが及ばず、ただ面白半分に首を突っ込んだ。

その結果、人が死んだ。

もしかしたらあの若旦那は本当に下手人だったのかもしれない。だとしても、鉄蔵には断罪する筋合いなどないのだ。

追い詰めて殺した……。

鉄蔵の来訪と仁衛門の死に因果は無いのかもしれない。だが、そんな言い訳めいた言葉で、開き直れるほど鉄蔵は厚顔無恥ではなかった。

「あの若旦那のことかい。あの旦那になにかあったのかい」

どうやら幾五郎はまだ知らされていないようだ。

蔦重は正しい。

人の死を、しかもみずから首を括って死んだなどということを、軽々しく吹聴するなど下衆のやることだ。吹聴するならまだしも、寄ってたかってああだこうだと面白可笑しく語らい合うなど、下衆以下の所業である。

己は下衆以下だ。

「もう放っといてくれ」

幾五郎に背をむける。

「鉄さんっ」

執拗に呼び止める耕書堂の居候を肩越しに見つめる。

「もう、あの女のことも若旦那のことも忘れろ」

「解らねぇ。解らねぇよ」

首を激しく振りながら、幾五郎が言い募る。いつになく目の色が真剣だ。

「散々人を振り回しといて、そりゃ無《ね》ぇだろ鉄さんよ。あの女のことに首を突っ込んだのはあんたなんだぜ。あんたがそんなこと言ったら、あっしはどうすりゃ良いんだ」

「だから忘れろって言ってんだろ」

済まなかったなと言い残し、鉄蔵は歩き出す。幾五郎はなおも何事かを叫んでいる。しかしもう鉄蔵は聞かなかった。

ただ歩く。

己は弱い。

誰よりも弱い。

だから常に声高に、強気に吼《ほ》えて厚い鎧を着込み、人との間に高い壁を築いた。

鎧も壁もすべて壊れた……。

後に残ったのは蚤《のみ》のごとき、ちっぽけな己だけ。

人の生き死にを餌にするほど、絵は大層なものなのか。誰かの不幸に踏み込まなければ描けない絵などあるのか。

解らない。

もうなにも解らなかった。

「済まねぇ」

誰にともなくつぶやく。

その日、鉄蔵は本所の長屋から姿を消した。

大　結　耕書堂が揺れる

そんな目で見るな。

喉の奥まで昇ってきた言葉を、鉄蔵は舌の根元で止めた。言ったところで詮無きことと思い直したのである。己にむけられる視線には、道端に吹き溜まった塵でも見るような嫌悪の色が滲んでいた。

無理もないと我ながら思う。

鉄蔵は穢れている。ずいぶん長い間、己の見てくれを気にしていない。平素から身だしなみになど関心はなかった。それでも三日に一度は水を浴び、髭《ひげ》を当たっていた。その頃に比べれば、間違いなく穢れている。

塵と一緒にされても文句は言えない。

だから鉄蔵は、言葉を呑んだ。見られても仕方ないのだから、見るなというのは言いがかりに等しい。第一そんな偉そうなことを言えるような人間ではないのだ。

「なにやってんですかい」

怒気をはらんだ声が降ってくる。答えず目を背けた。すると、これ見よがしに溜息が聞こえる。

「ずいぶん探したんですよ鉄さん」

己の名前だというのに、どこか懐かしい。こんなところにいると、名などどうでも良い。名は他人と己とを分けるためにある。他人と交わらなければ無くても困らぬ。

開け放った木戸の前に立つ男は、陽の光を背に受けている。

「ひと月、皆で探しまわったんだ。江戸じゅうの長屋という長屋、絵師仲間の家。考えられるところは全部探したけど、あんたはいなかった」

言って男が一歩、闇へと踏み込んだ。

「こんなところにいちゃ見つからねぇや」

男が進む度に床が軋む。

「江戸を離れちまったかと諦めかけた時に、京伝先生の煙草屋の客が、下谷の小汚ぇ社に、最近図体のでかい奴が居ついちまって、そいつがなぜか昼間は階《きざはし》に座って枝で地に絵描いてるって言ってたって聞いて、藁をもつかむって奴だ。来てみたら、どうだ。当たりじゃねぇか」

荒れ果てた祠《ほこら》である。社と呼べるような代物ではない。何が祀られているのか、鉄蔵も知らなかった。当《あ》て所《ど》無く彷徨っているうちに、辿り着いただけのこと。鉄蔵にとっては雨を凌ぐ屋根と、風を遮る壁以外の何物でもない。

影が鉄蔵の前にしゃがみ込んだ。

「くせぇな」

男の顔が次第に像を結ぶ。

「飯は喰ってんのかい」

銭が無くても食い物などなんとかなるものだ。町をうろつけば、いたるところに小さな社や地蔵があって供え物が転がっているし、大根なんかを干している家もある。食えないことには慣れているのだ。やりようはいくらでも知っている。

男が大きく伸びをした。

「さぁ、そろそろ良いだろ。じっくり考えたこったろうし。皆が心配してるぜ鉄さん」

肩に掌が触れた。

「帰るぜ」

「放っとけよ」

久しぶりに言葉を吐いた。喉と舌が渇いていた所為で、やけに口の中がひりつくし声は掠れている。

「そういう訳にはいかねぇな」

男は楽しそうな声で言った。鉄蔵の返答など、はなからお見通しといった様子である。

「俺ぁ、絶対にあんたを連れて帰る。帰るまでここを動かねぇ」

居座られても構わない。鉄蔵は好きなように動くだけだ。腹が空いたら食い物を探しにゆくし、寝たくなったら寝る。

「ちょっと見ねぇうちにずいぶん萎んじまったじゃねぇか。え、鉄さん」

答える気にもならない。

「俺ぁどんなことがあっても描き続けるって、うそぶいてたのはどこのどなたでしたっけね」

昔の話だ。

「描けなくて立ち止まっちまった者の尻をさんざん蹴っ飛ばして、これ以上進めねぇって奴の背中を押しまくって、焚き付けまくってたのはどこのどいつでしたっけ」

止まる者はなにをしたって止まる。現に今の鉄蔵がそうではないか。

「あのねぇ、鉄さん」

両肩を男がつかんだ。

「放しやがれ」

目を逸らしたまま言うが、男は聞く耳を持たない。乱暴に鉄蔵の躰を揺らし始める。

「瑣吉さんも斎藤さんも、それにあっしだって。皆、あんたの背中を追っかけてたんだ。俺たちだけじゃねぇ。蔦重の旦那や京伝先生も、あの歌麿さんだって。溶岩みてぇなあんたの志を買ってたんだ。そいつぁこんなことくれぇで、消えちまう物じゃねぇだろ。たとえあんたが消えたと言っても、俺ぁ認めねぇぞ」

古今無双の絵師になる。そのためだけに鉄蔵は生きた。身の回りで起こるすべてが絵に通じると信じ、長屋の隣の部屋で首を括った長唄の師匠の過去にまで首を突っ込んだ。

その結果、男が一人死んだ。死ぬ直前、鉄蔵は男と話した。長唄の師匠の死に男が関係していると半ば確信して問い詰めたのだ。男は鉄蔵に会ってすぐ、みずから命を絶った。

所詮、絵は絵でしかない。手元に置いていて飯が食える訳でも、雨露がしのげるわけでも、身に纏えるわけでもない。生きることになにひとつ関係がない代物だ。人を殺してまで極めるような道ではない。

鉄蔵は己の志を見失った。

「立てよ鉄さん」

男の手が鉄蔵の腕をつかむ。強引に立たせようとする。

「放せ」

「帰るぞ鉄さん」

「放せって言ってんだ」

乱暴に振り払う。体格はひと回り以上、勝っている。力では負けない。振り払われた男は、二三度たたらを踏んで後ずさった。

「もう俺に関わるな」

背をむける。

「絵は捨ててねぇんだろ」

　無言でいると、男は執拗に言葉を重ねる。

「あんた階に座って枝で絵を描いてんだろ。そこに描いてある富士山、俺も見たぜ」

　手慰みである。なにもすることがないから、やっているだけだ。描いているという気すら鉄蔵にはない。

「こんなとこで終わるつもりかよ」

「五月蠅ぇ」

「それでもあんた、絵師の端くれか」

「黙れ」

「絵師と戯作者は切っても切れねぇ仲だ。どんなに面白ぇ戯作でも、良い挿絵がなけりゃ締まらねぇ」

　背中をむけたまま、肩越しに男をにらむ。

「俺ぁ、いまとびきりの戯作を仕上げようと思ってんだ。筋立てはこうだ」

　男が床に腰を下ろす。

「ある大店の娘に縁談が持ち上がった。しかし相手の男には昔から馴染みの長唄の師匠がいた。そんな女がいることを、娘は許せなかった。そこで男を唆《そそのか》した。良縁を逃したくねぇ男は、娘の言うがままに首括ったように見せかけて女を殺しちまう。だが手前ぇのやったことに耐えきれなくなった男もまた、首を括って死んじまった。なぁ鉄さん」

　膝をすべらせ男が近づく。

「まだこの話は終わってねぇよな。このままで良いのかい。悪い奴がまだ残ってないかい」

「俺たちは役人じゃねぇ。始末なんか付けられねぇんだ」

「娘に縄打つようなことをする気はねぇ。俺等なりの始末を付けるのよ」

男がふたたび肩をつかみ、強引に鉄蔵を振り向かせる。

「戯作者と絵師で、この筋立てを仕舞《しめ》ぇまで描ききるのよ」

陽を背にしているくせに、男の目がぎらぎらと輝いているように見えた。話の種になりそうな物を見つけた時、この男はいつも楽しそうだ。

俺等なりの始末……。

仕舞いの無い戯作ほど居心地の悪い物はない。

「目ん玉が入ってねぇ竜を、そのままにしておくつもりかよ鉄さん」

画竜点睛《がりょうてんせい》を欠く。

鉄蔵にとって、この世で一番嫌いな行いであった。この男は痛い所を突いてくる。

「ったく」

一度硬く瞼を閉じ、鉄蔵は腹の底から息を吐き男を見た。

「相変わらずお前ぇは面倒臭ぇ野郎だな、幾五郎」

鉄蔵は男の名を呼んだ。

＊

大体どうして己が、こんな面倒なことをしなければならないのか……。

幾度考えてみても、瑣吉には答えが見出せない。見出せなくて当たり前である。なんのためにやっているのか。どんな意味があるのか。なにひとつ知らされていないのだ。知ったら動揺して、ぼろを出す。それが教えてもらえない理由だそうだ。

たしかに瑣吉自身もそう思う。真相を聞いてしまうと、こうして自然に立っていられないかも知れない。だいたい真相という程の事が起こっているのかどうかも解らないのだ。とにかく瑣吉は言われるがままに町に立ち続ける。ある時は四つ辻の角、またある時は店と店のわずかな隙間、毎日のように呼び出されてはこきつかわれていた。婿養子に入った下駄屋の方は、妻と義母がやりくりしてくれているからなんとかなっている。毎日昼ごろになると家を出てゆく瑣吉を見て、戯作の仕事が入ったのだろうと二人は思っているようだった。仕事ではない。義理である。腐れ縁の義理事だ。

鉄蔵が長屋に戻ってきた。幾五郎が強引に連れ戻したらしい。口八丁手八丁、とにかく調子の良いことだけが取り柄の幾五郎である。どんなことをして連れ帰ったのかは知らないが、鉄蔵は元気そうだった。幾分やつれてはいたが、昔から引っ越し癖のある男である。今回も姿をくらましたというより、皆が知らない場所へ引っ越したのだろうと瑣吉は思っていた。しかしどうやら違ったらしい。鉄蔵の部屋の隣で死んだ長唄の師匠の一件が絡んでいるようだった。

長唄の師匠の骸を見付けたのは瑣吉である。

耕書堂から追い出されるように下駄屋の婿養子に入り、戯作を諦めなければと思い悩み、江戸の町を彷徨って辿り着いた鉄蔵の家を、瑣吉は間違えた。隣の部屋の障子戸を開いて、梁にぶら下がる女の骸を見付けたという次第である。

戻ってきた鉄蔵は、幾五郎と連日耕書堂の作業場で語らい合っているようだった。そんな日が十日ばかり過ぎた頃、下駄屋に鉄蔵が姿を現した。手伝ってもらいてぇことがある。そう言って瑣吉を見た鉄蔵の瞳が、昔より少しだけくすんでいるように思えた。相手のことなどお構いなしで容赦なく浴びせ掛けていた大声も、すっかり鳴りを潜めている。なんだか心配になって、瑣吉は詳細も聞かずにうなずいてしまった。

そして、このざまである。

瑣吉は往来に立っていた。昨日は茶店の暖簾の脇で、今日は石灯籠《いしどうろう》の後ろである。

女を待つ。ただそれだけ。女は決まっている。女といってもまだ娘といったほうが良い歳頃だ。

女が何者なのか、おおよその見当はついている。瑣吉も馬鹿ではない。長唄の師匠の死について、耕書堂で幾度となく皆と語ってきたのだ。

あの女は恐らく笠鶴屋の娘である。

笠鶴屋といえば、日本橋にある呉服問屋だ。江戸で知らぬ者はいないというほどの大店である。

この刻限にこの場所に立っていろと幾五郎に告げられ、待っていると女が現れる。どこでどう調べたのか、幾五郎は女の予定を事細かに把握しているようだった。とにかく瑣吉は幾五郎に言われた場所に、言われた刻限に立つ。するとすぐに女が現れる。

なにもしない。ただ立って女を見つめるだけ。目が合うまで……。

最初の頃は苦労した。どれだけこちらが念を込めて女を見ても、気付かれない。素通りされる日が幾日も続いた。もともと瑣吉は影が薄い。皆と一緒に部屋にいても、瑣吉だけが気付かれないということもしょっちゅうである。耕書堂にはもう一人、瑣吉に負けず劣らず影の薄い男がいるが、その男はもはや佇まいから霞んでいる。幽霊と見紛うばかりのおぞましさだ。そんな男と同列に扱われるのは不服なのだが、やはり己で考えても瑣吉は影が薄い。

もともと影が薄いのに幾五郎に言われて往来に立つ時は、顔に化粧をしている。死人のように見えるが往来でも浮かない。そのあたりの塩梅に苦心した鉄蔵渾身の化粧だ。しかしやはり、傍から見れば、かなり怪しい。だからいつも気が気でない。女に気付かれるだけなら良いのだが、往来を行く他の者にも当然気付かれる。そして決まって誰もが驚く。立っているのはほんのわずかの間だけだから、今のところは大事にはなっていないのだが、このまま続けているうちに誰かが番所に駈けこみでもしたらどうなることか。岡っ引きが来て連れて行かれたら、瑣吉にはどうすることもできない。人と話すことが苦手な上に、上から物を言われると頭の中が真っ白になってしまう。がたいの良い岡っ引きが、怒鳴るようになにをしていたのかなどと問うてきたら、瑣吉はただただ震えるしか術がない。

女が来た。

茶屋の暖簾を下女に上げてもらうと、隙間から目当ての女が姿を現した。

瑣吉が立っている裏路地の方に向かって歩いてくる。

瑣吉はいつものように顔を作る。頬や口許、額にいたるまで、あらゆる顔の肉から力を抜く。目は虚ろを装いながら、あくまで女だけに視線を送る。見ているようで見ていない。そういう心持ちでやれば、化粧と相まって幽霊に見えるからと鉄蔵は言っていた。

女はかならず下女をひとり連れている。下女の陰に隠れるようにして、女が瑣吉の方へと歩いてくる。青い振袖に朝顔がちりばめられている。桃色に染まった娘の頬の上にあるつぶらな瞳が、右に左にと忙しなく動いている。

瑣吉に気付いて十日ほどしたあたりから、女の様子は明らかに変わった。それまでも瑣吉の姿を見て驚いていたのだが、その頃になると歩き方から違ってきた。常に瑣吉の存在に怯えているのであろう。それまで後ろに従えていた下女を前に立たせ、その背に隠れるようにして付いてゆく。今日も女は紫色の風呂敷に包まれた小箱を抱える下女の後ろを恐る恐るといった様子で歩いていた。しかし下女のほうは、そんな女のことに気付いていていない。

女は瑣吉のことを誰にも話さないと、幾五郎は断言した。

瑣吉の推測が正しければ、あの女は長唄の師匠とその情夫であった男の死に関係している。下手なことを言って、それが家族の耳に入ることを恐れているのだろう。

瑣吉も戯作者の端くれだ。頭のなかで勝手に物語を紡ぐことは息をするのと同様の行いである。待ち伏せる度、目を合わせる度、女が徐々に己を恐れてゆく度に、瑣吉のなかで妄想が広がる。

女はしきりに方々に視線を送っていた。

ここにいますよ……。

瑣吉は心のなかで名も知らぬ女に語りかける。自然と口角が上がってゆく。笑ってはいけないと解っているのに、どうしても笑みを抑えきれない。愉しんでいるのか、それとも快楽を感じているのか。おそらくそのどちらもが瑣吉の笑みには滲んでいる。

女が小さく肩を震わせる。

悲鳴が聞こえたような気がした。

気付いた。

気付いた気付いた気付いた……。

全身を雷が駆け抜ける。美しい女がつぶらな瞳を大きく見開いて、瑣吉だけを見つめて固まっていた。こちらを見ている間は動くなと言われている。だから瑣吉も女を見つめつづけた。立ち止って震える女に下女が気付いて振り返る。なにかを問われた女が下女を見ながら強張った笑みで首を左右に振った。

目を逸らしたその一瞬を、瑣吉は逃さない。女に背をむけ裏路地の奥へと全力で駆ける。

袖で顔の化粧を拭う。額も頬も、うっすらと湿っていた。胸が早鐘のごとくに打っている。逃げる時はいつもこうだ。走っているからではない。利那の逢瀬に胸が躍っている。

惚れはじめていた。

いったい私がなにをしたというのか。

＊

床に横になりながら、女は怒っていた。異変が起こり始めてからというもの、部屋の隅の行燈は油が切れるまで明かりを点けたままにしている。火が出たら大事なのは百も承知なのだが、消す気になれない。厠に行った家の者に幾度か気付かれ、その度に咎められたが、それでも止められなかった。

明かりが無いと不安で寝付けない。

闇のなかに一人でいると、あの顔が浮かんで来そうで堪らなくなる。目を閉じていれば見えないと解ってはいるのだが、瞼を閉じた暗闇すらも恐ろしい。明かりが灯っていれば、瞼を閉じても真っ暗闇にはならない。薄い皮と肉を通り抜けて、行燈の明かりが目の玉に届く。仄《ほの》かな橙の光が、天高く昇った御天道様のように女には思えた。

怖れている己が腹立たしい。どうしてこんな目に遭わなければならぬのか。納得がゆかない。身に覚えがないとはさすがに言わないが、恨みを受けるようなことをした覚えはなかった。

あの女が江戸にいるのが許せません……。

あの男に言ったのはそれだけ。嘘偽りのない心からの言葉だ。己が夫となる男にただならぬ仲の女がいることに耐えられる訳がない。そんなことは絶対に許せなかった。

幼い頃から欲しいと思った物はすべて手に入れてきた。一度でも欲しいと言えば、かならず父が次の日には与えてくれた。人形も絵草子も着物も簪《かんざし》もなにもかも。欲して手に入らなかった物はなにひとつなかった。別段、あの男のことが欲しいと思った訳ではない。縁談は父が勝手に決めてきたことだ。夫になる男の店は父の物より大分見劣りするが、嫁に行っても不自由はさせぬと父が言ったから、これまでと変わらぬ暮らしができるだろうと思い断わりもしなかった。

あの男に情婦がいると報せてきたのは誰だっただろうかと、女は考える。たしか父に取り入ろうとするどこぞの小商人《こあきんど》だった。どういう了見があったのか解らないが、父に御注進に行かず、女にそっと耳打ちした。

あの男、そうとう遊んでやすぜ……。

小商人の下卑た声に苛々したことを、女ははっきりと覚えている。しかし、小商人に対する苛立ちよりも女の心を揺さぶったのは、縁談相手に他の女がいたという事実であった。

これまで女が父から与えられた物は、すべて真っ新であった。誰の手垢も付いていない。それが女が手にする物であった。

ところがどうだ。寝起きを共にする相手が、すでに他の女によって汚されていたのである。

耐えきれぬ……。

女は正直にその気持ちを男にぶつけた。父に告げても今更なんだと言われるのは目に見えていた。すでに祝言の支度は進んでいる。先方も大乗り気だ。破談を申し入れるとしても理由がいる。その理由が男に情婦がいたでは話にならない。なぜなら情婦といってもすでに手が切れているからだ。女との縁談がまとまった時に男は身辺のいっさいを整理した。その辺りのことは、男から直接聞いたから間違いはないだろう。

縁談がまとまり幾度か男と顔を合わせた。だから毎回、耐えられぬと言ってやった。男はどうして良いのか解らぬ様子で、ただただ言い訳を繰り返すばかり。すでに終わった話だと、今にも泣きそうな顔で言い続けるから、女も耐えられぬと言い続けてやった。

遂に男は情婦を殺した。

直接見た訳ではない。男から聞いた話である。首を括って死んだように見せかけたからばれやしないと言って、男は女に微笑んだ。思い出してみればその時から女は、男が死ぬことが解っていた気がする。殺した殺したとうわ言のようにつぶやく男の顔から、精気がすっかり失せていたのだ。なんとか平静を保ってはいたが、すでに男の心は壊れかけていた。女を殺して小さな罅《ひび》が入った心は日々擦り減り、ぼろぼろと欠片を落としながら遂には砕け散った。

死んだ。首を括ったという。それがまた女には気に喰わない。なにも己が手で殺した情婦と同じ死に様を選ぶことはないだろう。

男は女よりも情婦を選んだのだ。

勝手に殺して勝手に死んだくせに、何故恨む。筋違いも甚だしい。

気付いたのはひと月ほど前のことである。十日に一度通っている華の師の家から帰る途中の道端に男が立っていた。青白い顔をして恨めしそうにこちらを見ていた。驚いて目を逸らした刹那、男は煙のように消えていた。下女にも言わず急ぎ足になって男が立っていた場所まで行ってみたが、去ってゆく後ろ姿すら見つからない。ほんの数瞬のことである。往来を歩く人の数はまばらであった。もしどこかに歩き去ったというのなら、姿くらいは見つけられるはずだ。それがきれいさっぱり、消えていたのである。

それからは、女が出かける度に男は姿を現した。用があるから出かけるのだ。どこに行くにしても目的がある。男は決まって、立ち寄った場所から出てきた時に現れた。女の行く先の目立たぬ場所に、恨めしそうな顔をして立っている。そして目を逸らした刹那、消えるのだ。見つめたまま歩いて近づいてゆけば、消えるところを見られるかもしれない。もしかしたら目を逸らさなければ消えぬやもしれぬ。しかしどうしても、男に気付いた瞬間、驚いてしまう。そしてかならず目を逸らしてしまうのだ。

青ざめた死人のごとき顔に張り付いた虚ろな眼を目の当たりにすると、心を置き去りにして躰が勝手に動いてしまう。悍《おぞ》ましい物から逃げるように目が拒む。男は刹那の隙すら見逃さない。しまったと思い男が立っていた場所を見ても後の祭り。すでに姿は無い。そうなると日ごとに恐怖が増してゆく。出かける場所にかならず現れ、恨めしそうに睨んで消える。そんな酔狂なことを、大の男がするはずもない。

あれは亡者に違いない。

男の顔を凝視しようにも、逸らした刹那に消えるからそれも叶わない。よしんばしっかり目鼻を確かめることができたとしても、あの男かどうかの判別が付く自信がなかった。会ったのは数回である。しかも女はさほど男の容姿に執着がなかった。父が決めた相手である。今の暮らしさえ保証されるのなら、美醜などどうでもよかった。だからあれがあの男だという確信はない。しかし、こうも執拗に女の前に現れるのだから、あの男以外に考えられなかった。

筋違いの勘違い。

嫌な男だ。

耐えられぬと言ったのが、己に惚れているが故とでも思ったのだろうか。情婦のことを知り、悋気を起こしたとでも思ったか。冗談ではない。惚れた腫れたで心を乱すほど愚かではない。勘違いするな。惚れられていると勝手に思い込み、己で情婦を殺しておきながら、化けて出るなど筋違いもはなはだしい。

今も薄暗い部屋のどこかで見ているのなら聞けと念じ、女は心で叫ぶ。

死ね。

もう一度、死んでしまえ。

もちろん答えは返ってこない。

情婦が死んで清々した。そのうえ、男まで死んでくれ、縁談自体が立ち消えになり願ったり叶ったりである。あの男が亡者として現世に留まっていることだけが、女の悩みの種であった。

私は悪くない。

やったのはあの男だ。

罪に耐えられなくなって死んだのも、あの男だ。

悪くない悪くない悪くない。

死ね死ね死ね。

地獄に落ちろ。

女は心で念じ続ける。

瞼のむこうの明かりが急に途絶えた。念じ続けていた言葉も途中から曖昧になり、遂には止んだ。こうして毎夜、女は眠りに落ちる。

眠りは女から時を奪う。

どれほどの時が流れたのか。

それは突然だった。

「お冴《さえ》さん」

誰かが己を呼んでいる声に気付き、女は目を覚ました。

男の声だ。

行燈の明かりが消えていた。閉じた瞼に闇が張り付いている。

「お冴さん」

呼んでいる。

そっと目を開いた。

顔だ。

男の青白い顔が女を覗いている。

「ひぃやぁぁぁぁぁぁぁぁぁぁぁぁぁっ」

己が発する悲鳴を聞きながら、女は闇に呑みこまれた。

*

いったいなにがどうなっているのか。

前を行く鉄蔵の大きな背中を湿った目で見つめながら、斎藤十郎兵衛は夜の町を走っている。心の整理がつかない。

これは逃げているのか。それともただ闇雲に走っているだけなのか。鉄蔵はなにも言わず駆け続けていた。体格に雲泥の差がある。脚の長さが違う。付いて行くだけで精一杯だった。

盗人の真似事をした。なにも盗んでいないから、じっさいには盗人ではないのだが、やったことは明らかに盗人のそれであった。

「ちょ、ちょっと待ってくれ」

息も絶え絶えに大きな背中に言った。

「少しでも早く遠ざかんねぇといけねぇだろ。どういう騒ぎになってるか解んねぇんだから」

振り向きもせず鉄蔵は語る。ひと月ほど姿を消してふたたび現れた鉄蔵の声には、昔のような勢いが無かった。炎のごとき暑苦しさに満ちていた声に、薄暗い影が揺蕩《たゆた》っている。だからといって十郎兵衛は詮索しない。だいたいの見当はついている。いちいち聞くことではない。

「ったく、あの野郎」

目の前の大きな背中から声が漏れる。十郎兵衛に答える余裕はない。足が痺れてきた。もういつ倒れてもおかしくはない。

「て、鉄蔵」

それだけ言うのが精一杯だった。

太い脚が急に止まる。いきなりのことで十郎兵衛はよろめきながら、壁のような背中に頭から激突した。

「そろそろ駄目だろ」

十郎兵衛はうなずく。鉄蔵は十郎兵衛を一人で立たせながら、周囲をうかがっている。明かりの消えた夜の往来に石の鳥居を見付けると、十郎兵衛に顎で示す。

「休むぜ」

言いながらずかずかと一人で鳥居の方へと歩いてゆく。十郎兵衛はおぼつかない足取りで追う。鳥居を潜り、石畳の参道を歩く。手水《ちょうず》を過ぎ、小さな社に辿り着く。神明造《しんめいづく》りの立派な社の階に、鉄蔵が股を広げて座っている。十郎兵衛は前のめりになりながら、倒れるようにして節の目立つ木肌に触れた。

「座れよ」

言われなくても座る。そう答えたかったが、言葉が声にならない。黙ったまま鉄蔵と離れて座った。広げた足の間にだらしなく腕を垂らし、肩で息をする。

「上出来だよ斎藤さん。あの女の悲鳴が家の外まで聞こえてきたぜ」

鉄蔵は部屋には入らなかった。行燈の点いている部屋だと教えられ、縁廊下に上がって忍び込んだのは、十郎兵衛だけである。

忍び込んで行燈の火を消し、女の名を呼びながら起こしてくれ。そして起きたら、女の真上から顔を覗き込んでくれ。

それが、幾五郎からの頼みであった。

どうやって調べたのか、あの男は女の家の間取りをかなり詳しく知っていた。家族や奉公人がどこで寝ているのか図面に記していたのである。家族の寝ている場所がどのあたりなのかは解っているが、女がどこに寝ているのかまでは詳細には解らなかったらしい。しかし、女は必ず行燈を点けて寝るということは知っていた。だから行燈を頼りに、十郎兵衛は部屋に忍び込んだのである。

鉄蔵は十郎兵衛の顔に化粧を施し、見張りのために付いて来た。

「あんた見直したぜ」

階に手をかけ、胸を反らし夜空を見上げながら鉄蔵が言った。息が整わぬ十郎兵衛は、無言のまま続きを待つ。その顔にはまだ、鉄蔵の施した化粧がある。

「瑣吉じゃこうはいかねぇ。大店に忍び込むってだけで、震えあがって障子ひとつ開けらんねぇだろうな」

瑣吉には別の役目があった。役回りとしては十郎兵衛と同じなのであるが、出番は瑣吉のほうが格段に多い。

「嬶《かか》ぁと義理の母親に店任せてるような奴は昼日中こき使って、ここぞという時はあんたに締めてもらう。あいつの言った通りだぜ」

「あいつ……」

「幾の野郎だよ」

十郎兵衛も瑣吉も、この鉄蔵だって、今回のことに関しては幾五郎の掌中で踊らされていただけである。鉄蔵が消えてから、幾五郎は目の色が変わったようになにかを調べはじめた。今になって思うと、今回の一件について調べていたのである。女の行動や、店と屋敷の間取りなど、あの男はすべて一人で調べたのだ。それだけではない。鉄蔵の居所についても、蔦重や京伝、瑣吉などとともに必死になって探っていた。その頃、十郎兵衛は写楽としての絵を描くために、耕書堂にひんぱんに泊まり込んでいた。だがその間、幾五郎を店で見かけたことは一度もなかった。

「あいつぁ、恐ろしい男だぜ」

鉄蔵がしみじみと語る。

「盗人になってりゃ、相当な悪党になってただろうぜ。もしかしたら幾の野郎にゃ、戯作よりもこういう仕事のほうがむいてるんじゃねぇのか」

「違う」

なんとか息が整いはじめた十郎兵衛は、参道を胡乱《うろん》な目で見つめながら答えた。鉄蔵は口を一文字に結んで、幽霊のような十郎兵衛の横顔に視線を送ってくる。無言の眼差しで先を促された十郎兵衛は、かさかさに乾いた唇を動かした。

「あの男があれだけ執拗に店や女のことを調べたのは、面白かったからだ。あの男にとって今回の一件は、戯作同然なのよ」

直接、幾五郎に確認した訳ではない。しかし十郎兵衛には確信がある。

「金を盗むために調べろと言われても、あの男はなにもやらなかっただろう。脅されてやらされたとしても、ここまで器用に立ち回ることはできなかったはずだ」

御主にも解るだろうと言って、鉄蔵の四角い顔を見る。

「店の手伝いをする時も、幾五郎は器用にこなしている。だが、それはこなしているというだけ。話の種にしてやろうと思い楽しんでおるようだが、心底から面白がってはいない。だから必要以上のことはしようとはしない」

「たしかに礬水を塗る時なんぞ職人と見間違うほどに見事だが、頼まれた以上の枚数をやろうとは絶対にしねぇな。それより、誰よりも先に仕事を終えて、戯作を書きてぇって感じだ」

「関心がないことには身が入らぬのよ」

言ってふたたび地に目を落とす。汗が引いて、夏とはいえ夜風が冷たい。肩を縮めて浮いた肩の間に頭を押し込み首を温める。

「面白いから、幾五郎はやったのよ。奴から戯作を取ったらなにも残らぬ」

「盗人も戯作者も、あんまり褒められた物じゃねぇな」

「どちらもまっとうな暮らしを送れぬ者にしか務まらぬ」

鉄蔵が鼻で笑った。

「だったらあんたはどうなんだ斎藤さんよ。あんたは絵師である前に、阿波侯お抱えの能役者じゃねぇか」

「だから拙者には務まらぬ」

ここまでこの男と語りあったのは初めてだった。昔の鉄蔵にはなかった影が、十郎兵衛を饒舌にさせているのかも知れない。

「なんでぇ、あんた絵師辞めるのか」

「殿が国許に戻られる。拙者も従わねばならぬ」

「阿波に行くのか」

参道を見つめたままうなずいた。

「絵も、さほど評判になっておらぬしな」

東洲斎写楽の絵は、その奇抜さから最初こそ騒がれもしたが、新作を出す度に衆目は離れ、今では見向きもされない。潮時であった。

「戻って来《く》んだろ」

「殿が江戸勤めになればな」

「だったら、また……」

「もう写楽にはならぬ」

断言した。鉄蔵がなにか言いたそうに、眉根を寄せる。だが、必死に言葉を呑んでいた。そういう姿に、やはり昔はなかった影を感じる。以前ならばどんなに無礼な言葉でも、容赦なく浴びせ掛けてきた。鉄蔵とはそんな男であったのだ。十郎兵衛はすでに割り切っている。いまさら絵師に未練はない。鉄蔵はそれを無言のうちに悟っているようだった。

「これからは手慰みに描くだけだ」

「もったいねぇな」

「御主は幾五郎や瑣吉と同類だ」

「瑣吉もかよ」

「下駄屋の婿に入ったが、未だに腰が落ち着かぬではないか。あれは一生落ち着かぬぞ。瑣吉もまた、御主達と同じ穴の貉《むじな》よ」

十郎兵衛から目を逸らし、鉄蔵が膝の上で組んだ己の手を見つめる。噛み締めた奥歯の辺りの肉が、隆起しては萎むを繰り返している。

「御主達はまっとうな暮らしを送れぬ。己の真ん中を貫く物を見失えば、糸の切れた凧となって風に吹かれて消えてゆく。それ故」

言って十郎兵衛は階を叩いた。そんな激しい動きはこれまで一度もしたことはない。驚いてこちらを見た大男の喉が大きく上下した。

「御主は絵を捨てるな鉄蔵」

鉄蔵がうなずくのを見て、胸を撫で下ろす。他人に心を動かされていることに戸惑う十郎兵衛は、どうして良いのかわからず心の底から笑った。

「怖《こえ》ぇ。まるで化け物だ」

二度と素直に笑うまいと、十郎兵衛は心に決めた。

＊

「私たちに挨拶もなく行ってしまうなんて、斎藤さんらしいですね」

うつむきながらつぶやく瑣吉は寂しそうだった。

「主持ちってな不便なもんだな」

戻って来た鉄蔵は元気そうだが、どこか昔と違っている。

「あいつはもう二度と写楽はやらねぇとよ」

上座で腕を組む蔦屋重三郎は、十郎兵衛が去ったことを吹っ切っているようだった。いつもの顔が揃うなか、幾五郎は黙って下座に控えている。右隣に瑣吉、そのむこうに鉄蔵が座っていた。

斎藤十郎兵衛が主に従い阿波に戻ったことを、皆を呼んで蔦重が報告した。三人は一応、驚いてみせたが、すでに鉄蔵から聞かされて知っていた。

「なんだよ、あんだけ気合入れて売り出してたのに、やけに清々した顔してんな」

鉄蔵が蔦重に問う。昔のような奔馬のごとき闊達さはなかったが、生意気さは健在である。蔦重は、久しぶりの鉄蔵の放言に少しだけ嬉しそうに口許を緩ませて、手にした煙管を唇に運び深く吸った。そして、煙とともに鉄蔵に答える。

「新作を出すごとに売れなくなってたからよ」

「そんなことで音を上げるような玉じゃねぇだろ親父は」

「当たり前ぇよ。写楽は俺がこいつしか無ぇと思って、身代賭けて売り出した絵師だ。売れなくなろうが見向きもされなかろうが、俺が売るって決めたんなら、売る。でもな」

灰吹きの縁を雁首で叩き、雁首をふっと一度吹いて、蔦重は笑う。

「写楽自体《じて》ぇがもうやらねぇと言ってんだ。諦めるより他ねぇだろ」

鉄蔵もそんなことを言っていた。もう二度と絵師として絵は描かない。十郎兵衛は鉄蔵にそう言って、珍しく笑ったらしい。その顔があまりにも恐ろしくて、思わず怖いと口にしてしまったら、十郎兵衛は一気に不機嫌になってそれからひと言も喋らなかったそうだ。十郎兵衛が最後に見せた笑顔を、幾五郎も見てみたかったと思う。

「そうかい。親父のその吹っ切れた顔は、斎藤さんの覚悟の為せる業かい」

「あんな陰気な男が、すっとした顔しやがって、やらねぇと言ったんだ」

あいつはもう戻って来ねぇよ。と言って蔦重は煙管を仕舞う。

「おい、幾五郎」

鉄蔵に呼ばれて、首だけを横にむける。

「今日は元気無ぇじゃねぇか」

「そんなこたぁ、ありませんぜ」

「口から先に生まれてきたお前ぇが、だんまり決め込んでると、妙な気が流れんだろ」

わざと鼻の穴を大きく広げて、幾五郎は目を見開いて首を傾げる。

「なんだ、その顔は」

鉄蔵がにらんでくる。

「別に」

答えて幾五郎が鉄蔵から目を逸らす。上座に目をむけると、蔦重の剣呑な視線に捕えられた。

「おい幾」

先刻までとは一変した重い声で、蔦重が幾五郎に狙いを定めた。

「なんでやしょう」

「お前ぇ、なにかしやがったな」

「へ」

「惚《とぼ》けんじゃねぇ」

蔦重の声に怒りはない。だが重い。それが、ただ怒られるよりも恐ろしい。

「お前等もなにか知ってんだろ」

言って耕書堂の主は鉄蔵と瑣吉をにらむ。

「笠鶴屋の一人娘の元に男が化けてでて、娘が寝込んじまったって、あれのことだ」

「ひっ」

思いきり肩を縮めて瑣吉が細い声を吐いた。

「やっぱ知ってんだな」

「なんのことだ親父」

口許に悪辣な笑みを浮かべて鉄蔵が身を乗り出す。

「幽霊騒ぎは、幾五郎がお前を見つけて帰ってきたあたりから始まってるらしい」

「おいおい、俺達と幽霊騒ぎになんの関係があるってんだ」

「寝込んだ笠鶴屋の娘ってのは」

「黄林堂の若旦那との祝言を控えた相手だったんだろ」

蔦重より先に鉄蔵が答えた。

「やっぱりお前ぇたち」

「笠鶴屋の娘のこたぁ知ってたぜ。だからといって、なんで俺達が幽霊騒ぎに嚙んでるってことになんだよ。相手は幽霊だぞ。俺達ぁなんだ。拝み屋かなんかか。思うがままに幽霊呼べんのか。そんな芸当ができりゃ、こんなところでくすぶっちゃいねぇよなぁ」

鉄蔵が瑣吉の肩に肘をかけた。いっさいの関わりを拒むように、瑣吉は肩をすくめて鉄蔵に背をむける。それでも執拗に鉄蔵は肘をかけて瑣吉をにらんでいたが、不意に幾五郎に目を移した。

「どうなんでぇ幾。お前ぇからも言ってやれよ」

幾五郎は鉄蔵の顔から上座へと目を移す。背筋を伸ばし、耕書堂の主を正面から見据えた。

「なんとか言えよ幾五郎」

腕を組んだ蔦重が幾五郎をうかがう。

「幽霊は瑣吉さんと斎藤さんです」

「おまっ」

瑣吉の肩から肘を落とし、鉄蔵が口をあんぐりと開けたまま固まった。瑣吉は開いた唇から泣き声のような音をだらしなく漏らして震え出す。

「笠鶴屋さんの娘さんの動きや屋敷の間取りを調べたのは、あっしです。鉄さんには瑣吉さんと斎藤さんが幽霊に見えるように、顔に化粧をしてもらうのと、斎藤さんが笠鶴屋に忍び込むのを手伝ってもらいやした」

「お、お前ぇ」

いきなりの幾五郎の告白に蔦重は言葉を失っている。蔦重の私室に集う四人のなかで、固まっていないのは幾五郎ただ一人であった。

清々した。

蔦重に内緒で事を進めていることが心苦しくて堪らなかった。ずっと胸にあった重い物が、先刻の言葉とともに身中から綺麗さっぱり消え去った。

自然に笑みがこぼれる。

両手で這い、膝を滑らせ、蔦重の膝元ににじり寄り、想いの丈を一気に迸らせた。

「本当に大変だったんでさ。ほら、鉄さんもいなくなってたでしょ。この人探しながら笠鶴屋の娘のことも調べなきゃならねぇから、もう頭んなかこんがらがっちまって。こんなこと人に頼めやせんからね、一人ですよ、一人。まぁ、娘のほうは昼頃くれぇからしか出かけねぇし、夕方には店に戻るから、その間だけに集中して、他は鉄さん探したり、笠鶴屋の間取り調べたりしてね」

「お前ぇ、近頃やっと店で見るようになったと思ったら、そんなことにかまけてやがったのか」

「そうなんでやすよ。店で寝る暇も無ぇくれぇに忙しかったんでやすよ」

鉄蔵と瑣吉は動けずにいる。

「お前ぇたちがやったのか」

「だからそう言ってんじゃねぇですか」

「お前ぇなに言ってるのか解ってんのか」

「別に娘殺した訳じゃねぇ。聞くところによりゃあの娘、二三日前ぇから外を出歩いてるらしいじゃねぇですかい。十郎兵衛さんもいねぇし、もうやりませんよ。ねぇ鉄さん、瑣吉さん」

「あっ、当たり前じゃないですかっ。私ぁもう二度と御免ですよっ」

瑣吉が幾五郎の隣まで躍り出て畳に額を打ち付ける。

「申し訳ありませんでした。鉄蔵さんに言われてつい手伝ってしまいました。二度とこんな馬鹿な真似はしませんので、どうか、どうかお許しをっ」

「まぁ鉄さんを助けるための善行ってやつですよ」

「なんで俺を助けることになるんだよ、幾っ」

怒鳴った鉄蔵が、近づいてきて幾五郎の肩をつかんだ。

「だって、あんた駄目になってたじゃないか。ちゃんとけりを付けねぇと腐ってただろ」

「そ、そりゃあ、まぁ……」

「おい幾っ」

蔦重が三人に割って入る。

「お前ぇ、盗人みてぇな真似して、なんとも思ってねぇのか」

「面白ぇでしょ旦那っ」

目を輝かせて幾五郎は問う。

「あっし等のやったことが江戸の町で騒ぎになってるんですぜ。笠鶴屋に男が化けて出たってね。あの男は縁談相手だ。娘に未練があって化けて出た。町じゅう噂で持ち切りだ」

「ぶっ倒れちまった娘さんの」

「あの餓鬼にゃあ、良い薬になったでしょ。あいつぁ本当ならこんくれぇじゃ済まねぇようなことしてんだ。あっし等は神様仏様でも御奉行様でもねぇ。だから罰を与えるこたできねぇ。でもねぇ、あっし等なりの始末の付け方ってのはできる」

「お前ぇ等なりの始末だと」

そうですよ旦那っ、と幾五郎は蔦重の鼻先に顔を近づける。

「あっしが筋立てを考えて、絵師の鉄さんが斎藤さんや瑣吉さんを幽霊に変える。この世は戯作でやすよ戯作。愉しんだ者勝ちだ」

「お前ぇ、正気か」

「さてねぇ、手前ぇが正気かどうかなんて、誰にも解りゃしねぇでしょうよ。ひとつ解ってることがあるとすりゃ、あっしは戯作が無ぇと生きらんねぇ。この人もね」

言って幾五郎は隣の瑣吉の背を叩いた。

「あんたは」

鉄蔵を見る。

「絵だ」

ごつい顎が力強く上下するのを見て、鉄蔵はもう大丈夫だと確信した。

「そういうこった旦那」

俺達の生き様は変えらんねぇと豪語して、幾五郎は胸を張った。

「ったく」

溜息をひとつ吐き、蔦重が両手で三人の躰を思いきり押し、幾五郎たちは揃って畳に転がった。

「馬鹿ばっかり集まって、俺ぁ本当に悲しくなるぜ」

言って立ち上がる。

「斎藤さんも言ってたぜ。お前ぇ等には戯作と絵しか無ぇってな。だからよろしく頼むだとよ」

「あの野郎、偉そうに」

畳に寝そべりながら鉄蔵がつぶやく。転がったままの瑣吉の肩に手をかけて、幾五郎は躰を起こして座り直す。

「馬鹿な真似ばかりしてねぇで、幽霊騒ぎくれぇの評判を手前ぇの芸で取りやがれ」

「今に見てやがれっ」

飛ぶようにして両足で立ち上がった鉄蔵が吼《ほ》える。

「頑張ります」

やっと躰を起こした瑣吉が細い声でささやく。

「幽霊騒ぎくれぇの評判なんざ、すぐに塗り替えてみせやすぜっ」

幾五郎は腹の底から答えた。


東洲斎写楽は斎藤十郎兵衛が江戸を離れるとともに耕書堂の店先から姿を消した。そして二度と戻ってくることはなかった。

瑣吉は滝沢馬琴と名乗り、戯作者として大成し『南総里見八犬伝』全九十八巻に生涯をかけて取り組むことになる。

鉄蔵は押しも押されもせぬ大絵師、葛飾北斎として『富嶽三十六景』など多くの名作を残す。

そして……。

幾五郎は後に、十返舎一九として多くの戯作を残す。みずからが大坂から江戸へとむかう旅を元にして書いた『東海道中膝栗毛』は彼の代表作となった。

この世をば　どりゃお暇に　線香の　煙とともに　灰左様なら
六十七で死んだ幾五郎の辞世である。火葬した際に密かに仕込んでいた花火が爆《は》ぜて、参列者を驚かせたという逸話が残っている。

幾五郎は死ぬまで戯作者であった。


しかし今はまだ、彼等の行く末を誰も知らない。

【主要参考文献】

『近世物之本江戸作者部類』曲亭馬琴　徳田武（校注）　岩波文庫
『浮世絵の歴史【美人絵・役者絵の世界】』山口桂三郎　三一書房
『人物叢書　山東京伝』小池藤五郎　日本歴史学会（編）　吉川弘文館
『山東京伝　滑稽洒落第一の作者』佐藤至子　ミネルヴァ書房
『写楽の全貌』山口桂三郎（編著）　東京書籍
『増補改訂版　写楽は歌麿である』土淵正一郎　新人物往来社
『東洲斎写楽はもういない』明石散人　佐々木幹雄（協力）　講談社
『歴史文化ライブラリー91　葛飾北斎』永田生慈　吉川弘文館
『滝沢馬琴　百年以後の知音を俟つ』高田衛　ミネルヴァ書房
『人物叢書　滝沢馬琴』麻生磯次　日本歴史学会（編）　吉川弘文館
『随筆滝沢馬琴』真山青果　岩波文庫
『笑いの戯作者　十返舎一九』棚橋正博　新典社
『蔦屋重三郎』鈴木俊幸　平凡社

初出　「小説新潮」
二〇一七年七月号、十月号、
二〇一八年四月号、十月号、
二〇一九年四月号、七月号、十月号、
二〇二〇年四月号に掲載された
「耕書堂モンパルナス」を改題しました。

装画　東洲斎写楽
『谷村虎蔵の鷲塚八平次』
『二世瀬川富三郎の大岸蔵人妻やどり木と中村万世の腰元若草』
『大童山土俵入り』
山東京伝作
『箱入娘面屋人魚』まじめなる口上
葛飾北斎
『富嶽三十六景』神奈川沖浪裏

装幀　新潮社装幀室

とんちき

耕《こう》書《しょ》堂《どう》青《せい》春《しゅん》譜《ふ》

発行　二〇二〇年十二月十五日

著者　矢野《やの》 隆《たかし》

発行者　佐藤隆信

発行所　株式会社 新潮社
〒一六二―八七一一
東京都新宿区矢来町七一番地
電話 編集部〇三（三二六六）五四一一
読者係〇三（三二六六）五一一一
https://www.shinchosha.co.jp

印刷所　錦明印刷株式会社

製本所　加藤製本株式会社

ISBN978-4-10-334073-7 C0093

八本目の槍　今村翔吾

共に生き、戦った「賤ケ岳の七本槍」だけが知る、石田三成の本当の姿。あの男は何を考えていたのか？　そこに「戦国」の答えがある！　興奮と感涙の歴史長編。

戀童夢幻　木下昌輝

「芸能の刃で上様のお心と斬り結びたくあります」。芸を極めんと、命懸けで信長、千宗易、家康ら戦国の猛者と対峙し、歴史を動かした流浪の芸能者を描く渾身作！

ちよぼ　加賀百万石を照らす月　諸田玲子

前田家の礎は利家とまつ、そしてこの側室「ちよぼ」によって築かれた。三代藩主の母となり、能登に五重塔を建立して月光菩薩のように慕われる女傑を描く長篇小説。

商う狼　江戸商人　杉本茂十郎　永井紗耶子

「金は刀より強いんです」金の亡者と恐れられながらも、疲弊した慣例を次々と打ち破り、江戸の商業を〝最適化〟した実在の改革者の生涯を描く圧巻の歴史小説。

輪舞曲（ロンド）　朝井まかて

27歳で婚家を捨て出奔。大正の劇壇に輝くもキャリア絶頂で世を去った伝説の女優・伊澤蘭奢。野心を貫いた劇的な生涯を3人の愛人と息子の目から描く傑作長編。

迷宮の月　安部龍太郎

波濤を越え運河を遡って辿り着いた長安。遣唐使・粟田真人には密命があった。交渉の成立なしには帰国も覚束なかった。作家生活三十年の蓄積を傾けた長編歴史小説。

とわの庭　小川糸

帰って来ない母を〈とわ〉は一人で待ち続ける。小さな庭の草木や花々、鳥の声。光に守られて生き抜く〈とわ〉。ちっぽけな私にも未来はある――待望の長篇。

鏡影劇場　逢坂剛

古本屋で手に入れた文豪ホフマンにまつわる謎めいた報告書。その解読を進めると、現代の日本にまで繋がる奇妙な因縁が浮かび上がる。ビブリオ・ミステリー巨編。

ハリネズミは月を見上げる　あさのあつこ

世界の色を変えてしまう。人生にはそんな出会いがある。16歳の夏、誰にも似ていない彼女に、私は出会った――。同世代の高校生から圧倒的支持を集めた青春小説！

いちねんかん　畠中恵

長崎屋の主夫妻が旅に出かけ、店を託された若だんなは大張り切り。だけど、江戸に疫病が大流行し、疫病神と疫鬼が押しかけてきちゃった！　若だんなは乗り切れるのか!?

サキの忘れ物　津村記久子

見守っている。あなたがわたしの存在を信じている限り。人生はほんとうに小さなことで動きだす。たやすくない日々に宿る僥倖のような、まなざしあたたかな短篇集。

名探偵のはらわた　白井智之

犯罪史に残る最凶殺人鬼たちが、また殺戮を繰り返し始めたら。悲劇を止められるのはそう、名探偵だけ！　覚醒した鬼才が贈る圧倒的なカタルシス。長編ミステリー。